時間

시
간

時間
吉狄馬加

Copyright ⓒ 2007 by Jidi Majia
Korean Translation Copyright ⓒ 2009 by Moonji Publishing Co., Ltd.
All Rights Reserved.

This Korean edition was published by arrangement with Jidi Majia, the author.

이 책의 한국어판 저작권은 지은이 지디마자와 독점 계약한 ㈜문학과지성사에 있습니다.
저작권법에 의해 보호받는 저작물이므로 무단 전재 및 복제를 금합니다.

時間

시간

지디마자 吉狄馬加 시선집

백지운 옮김

문학과지성사
2009

지디마자 시선집
시간

펴 낸 날   2009년 6월 29일

지 은 이   지디마자
옮 긴 이   백지운
펴 낸 이   홍정선 김수영
펴 낸 곳   ㈜문학과지성사

등록번호   제10-918호(1993. 12. 16)
주   소   121-840 서울 마포구 서교동 395-2
전   화   02)338-7224
팩   스   02)323-4180(편집)   02)338-7221(영업)
전자우편   moonji@moonji.com
홈페이지   www.moonji.com

ISBN 978-89-320-1971-0

또 다른 언어로의 비상

한국은 두 번 방문한 적이 있다. 유구한 문화전통을 자랑하는 이 나라에 나는 특별한 인상을 받았다. 시인의 영감으로, 한국인이 오랜 민족문화와 뿌리 깊은 역사적 유전자를 계승하면서 또한 열린 마음으로 현대정신을 받아들이고 있음을 느꼈던 것이다. 수도 서울은 전형적인 예이다. 전통과 현대를 걸쳐 있는 이 도시는 선택과 지양 사이에서 끊임없이 배회하고 있는 듯했다. 나는 이 도시의 동방적 분위기에 한층 친밀감을 느꼈지만 동시에 그 안에 내포된 창조적인 현대 정신에 감동을 받았다. 내 시집이 한국어로 출판되어 나온다는 소식에 기쁨으로 들떴던 것은 아마도 이 때문이리라. 나의 시가 또 다른 시성(詩性)을 지닌 언어를 통해 새로운 생명을 부여받으리라는 생각에, 내 마음은 말로 표현할 수 없는 아름다운 기대로 충만하다. 이는 한중 문화교류의 성과이며 한중 작가 간의 두터운 우애가 맺은

결실이다. 이 시집이 한국어로 출판될 수 있도록 애써
주신 홍정선 선생님과 옮긴이 백지운 씨에게 감사드린
다. 번역가의 탁월한 재능 없이, 다른 민족의 언어로
된 시를 상상할 수 있을까. 과거에 나는 시의 번역이란
번역가의 모험이거나 벼랑 끝에서 얻은 구사일생, 아니
오로지 벼랑 끝이라고 생각한 적이 있다. 그러나 나는
이번 시집의 한국어판 출간이 나와 한국의 독자들 사이
에 끊을 수 없는 인연을 맺어주리라 믿는다. 나의 시가
아름다운 한국어를 통해 비상할 힘을 얻기를, 모든 한
국 독자들의 숭고한 영혼의 세계로 날아오르기를 바랄
뿐이다.

2009년 6월, 베이징에서

지디마자

시간

차례

자화상

나는 이 땅 위에

이족*의 언어로 쓴 역사

끊어지지 않는

여인의 탯줄로 태어난 아이

내 고통의 이름

내 아름다운 이름

내 희망의 이름

그것은 저 실 잣는 여인이

수백 년간 품어 기른

사내의 시(詩)라오

내 전통의 아비는

사내 중의 사내

사람들은 그를 즈샤알루(支呻阿魯)라 불렀지

내 불로(不老)의 어미는
대지의 가수
깊게 흐르는 한 줄기 강물
내 영원의 애인
미인 중의 미인
사람들은 그녀를 샤마아뉴(呻瑪阿妞)라 불렀네
나는 천 번을 죽어도
영원히 왼쪽으로 누워 잠드는 사내
천 번을 죽어도
영원히 오른쪽으로 잠드는 여인
나는 천번째 장례가 시작할 때
멀리서 당도한 우정
천번째 장례가 고조에 오를 때
모친 후두 안의 떨리는 자음

이 모든 것이 나일지라도
나는 수백 년간
선과 악의 싸움이며

수백 년간
사랑과 꿈의 자손이며
수백 년간
한번도 끝맺지 못한 혼례요
모든 배반이자
충성이자
삶이자
죽음이거니
오, 세계여, 나의 대답을 들어주오
나-는-이-족

* 彝族: 중국 소수민족 중 하나. 주로 윈난(雲南), 쓰촨(四川), 꾸이
저우(貴州) 그리고 광시 장족자치구(廣西壯族自治區)에 분산되어
살고 있으며, 윈난 성과 쓰촨 성에 주로 많이 거주하고 있다. 이
족은 약 7천 년 전 중국 서북부에 거주하던 강인(羌人: 현 중국의
소수민족 중 하나인 羌族)들이 서남쪽으로 남하하는 과정에서 오
랜 시간 서남부 토착민족과 융합하여 형성되었다. 현재 중국에
약 776만 명, 베트남에 3,300여 명이 있다. 이들은 한장어계(漢藏
語系)에 속하는 이족언어를 사용하며, 그 안에 여섯 종의 방언을
갖고 있다. 장구한 문화예술의 연원을 지닌 민족으로서, 이족어
로 기술된 역사, 문학, 의학, 역법에 관한 저작들이 남아 있다.

사냥꾼의 바위

언젠가
산 바위가 허리를 구부려
발밑에
우산 하나를 세웠어
그때부터 이곳에 모닥불이 일었지

모닥불은 우주의 불
틱틱 탁탁 홍얼거리며
두 개의 세계가 모두 알아듣는
노래를 불렀지
안에서는 황홀한 불똥이 꼬리를 물고
바깥으론 신비한 은하가 흘렀지
노루 고기의 담담한 맛이
잘 익은 전설과 어우러졌어
영원으로 활짝 열린 문과
닫히지 않는 창문으로
새들이랑 여치랑 반딧불이랑 박쥐들이
죄다 몰려들었어

주렴 같은 빗줄기가
단꿈에 흠뻑 젖은 그리움을 끌어왔고
수놓은 커튼처럼 눈송이가
새하얀 종이를 가득가득 걸어놓았지
돌길에 지그재그 땡땡이 발자국이
잃어버린 기억처럼 옅게 찍혀 있었어
못 다 피운 살담배는
여명에서 황혼까지
수많은 해들을 타들어갔지
사냥꾼이 영영 돌아오지 않아
모닥불이 꺼진다 해도
푸른 연기만 남아 있다면
그의 아들이
꼭 살려낼 거야

대답

아직 기억해?
저 질러부터*로 통하는 작은 길을
어느 단꿀이 흐르는 황혼녘에
당신이 내게 말했지
내 뜨개바늘을 잃어버렸어요
빨리 좀 찾아줘요
(나는 온 길바닥을 찾아 헤맸어)

아직 기억해?
저 질러부터로 통하는 작은 길을
어느 침울한 저녁
내가 당신에게 말했지
내 심장을 깊숙이 찌르는 것이
바로 당신의 바늘이었어
(그녀는 그만 울음을 터뜨렸어)

* 吉勒布特: 량산 이족 중심부에 위치한 한 지역의 이름. 시인 지
  디마자의 고향.

'잠'의 화음

만약 숲이 한 자락 울창한 바다라면
그는 깊게 깊게 솟아올라
해안에 서서 심호흡 하리라
조각배 같은 작은 집이
숲의 최남단과
들판의 최북단에 좌초되어
거대한 항구에 닻을 내렸다
등을 구부리고 토끼잠 든 사냥개는
휘탕* 밖의 밤을 향해, 따뜻하게
물결치는 물음표를 그린다
그는 그곳
여자의 머리카락 냄새와 아이의
젖내 나는 방 안에 잠들어 있다
몽롱한 머리 위로
꿈결 같은 물살이, 비밀스레 밀려들고
햇살 속 암사슴의 아름다운 그림자가
홀연 눈앞에서 사라져버렸다
그는 찾아 나섰다, 어깨 위로

가을의 황금 잎사귀들이 소복이 쌓였다
그는 총을 쏘지 않았다. 중국 서남쪽 산등성이서
춤추는 암사슴을 발견하고는
자기도 춤을 추고 싶어졌다
그러나 왼쪽 팔은 아내가
오른쪽 팔은 아이가 베고 있었다
두 개의 작은 항구
그는 그저 마음속으로
휘파람 멀리 불며
그 옛날 사냥꾼의 잰걸음 달릴 뿐
끝없는 숲의 소야곡이
그의 이마를 타고 조용히 미끄러졌다

* 火塘: 바닥에 구덩이를 파고 불을 피워 난방하는 장치.

이족, 불을 말하다

우리에게 피와 땅을 주는
당신은 인류의 오랜 역사보다 유구합니다
우리에게 계시와 위안을 주고
자손들에게 조상의 아스라한 형상을 보여주는
당신이 베푸는 온정과 보듬는 생명으로
우리는 자애와 선(善)을 배웁니다
당신은 우리의 자존심이
타인으로부터 상처받지 않게 지켜주었죠
당신은 금기이자 소환이자 꿈
그 무한한 즐거움으로
우리는 한껏 노래할 수 있었지요
우리가 이 세상을 떠날 때
당신은 추호도 슬픈 표정 짓지 않겠지요
가난한 자든 부유한 자든
우리의 영혼에
영원의 옷을 입히겠지요

커우시엔의 변명

나는 커우시엔*
빛나는 소녀의 시간에서
적막한 노년까지
영원히 그녀의 가슴을 지키리
나는 커우시엔
운명은 나를
그녀의 심장 옆에 잠들라 하네
그녀는 내가 있어
슬픔과 기쁨을
모두 어둠에 털어놓지
나는 커우시엔
정녕 그녀가
이 세상을 훌쩍 떠난다면
나 역시 그녀를 따라
내 모든 것을 끝장내어
언 진흙 속에 뒹굴리라
그러나—형제여—칠흑 같은 한밤중
그대가 대지의

슬픔을 느낀다면
그것은 바로 생각에 잠긴 나일 게요

* 口弦: 이족 전통악기의 일종.

민가(民歌)

장터에 모여든 사람들 모두 집으로 갔건만
내 시는 돌아오지 않았다
어떤 사람이
황금빛 커우시엔을 들고
황혼녘 길가 처마 아래
술 취해
배회하는 풀 죽은 그를 보았단다

언덕 위의 양들은 우리로 돌아갔건만
내 시는 돌아오지 않았다
길잡이 숫양이
해질녘
피 흘리는 앉은뱅이 산을 향해
울음을 토악질하며
외로이 슬퍼하는 그를 보았단다

마을 사람들 모두 곤히 잠들었지만
내 시는 돌아오지 않는다

어떤 이가 문가에 앉아 기다린다
이런 밤을 어이 잊으랴

대비

내게는 목적이 없다

갑자기 등 뒤에서 태양이
모종의 위험을 예고한다

또 다른 내가
야색(夜色)과 시간의 정수리를 뚫고 나와
힘겹게 키워낸 음지를 빨아먹고 있다
내 손이 여기가 아닌
대지의 검은 구덩이 속에서
뼈로 만든 꽃송이를 높이 치켜들면
의식을 치르는 부족들이
선조들의 영혼을 불러낸다

나는 보았다 담장이 햇빛 아래서 진부해지고
모든 금언이 술에 잠기는 것을
음악의 리듬이 양피지 위로 뻗어나고
불꽃처럼 혀를 날름거리는 가수가

초현실의 토양을 찾고 있는 것을

나는 여기에 없다, 또 다른 내가
정반대 편으로 가버렸으니까

늙은 투우
— 다량 산(大凉山)의 투우 이야기 1

그는 그곳에 서 있다
　　석양 아래
꿈쩍도 않고
　　노쇠한 머리를 늘어뜨린 채
몸뚱이 전체가
　　파도에 쏠린 암초
점점이 상처 박힌 두 뿔은
　　늑대의 부러진 이빨

그는 그곳에 서 있다
　　석양 아래
하나밖에 없는 눈을
　　질끈 감고
머리 위로 앵앵거리는 파리 떼에도
아랑곳없고
얼굴을 타고 오르는 간 큰 등에도
내버려둔다
그의 주인은 어디로 간 걸까

그는 그곳에 서 있다
		석양 아래
그때 꿈에 장년의 시절이 보였다
화파절*의 새벽녘
두 뿔에서 심장을 뒤흔드는 소리가 울렸다
콧구멍으로 먼 산의 노래가 뿜어 나왔고
투우장의 냄새도 나는 듯했다
		그 낯익고도 축축한 숨소리
또다시 광야의 전율이
		검은 땅 위로 솟구쳤고
또다시 끓어오르는 핏물결이
		온 몸을 향해 돌진해왔다
털 한 올 한 올이 철사처럼 굳세졌고
사람들의 환호 소리가 다시 귓전을 진동했다
여름 햇빛 쏟아지는 벌판을
쾌활하게 뛰어다니는
황금빛 사슴 한 마리가 어른거렸다
머리에 빨간색 종이띠 휘날리며

어린 주인의 손에 이끌려 걷고 있다
높디높은 산언덕을
뾰족한 그의 뿔이
피처럼 붉은 태양을 받치고 있었다

그는 그곳에 서 있다
　　석양 아래
가끔 외눈을 번쩍 뜨고
왕년의 투우장을 향해
한 줄기 슬픈 울음을 울부짖는다
그러자 그의 몸
　　누렇게 바랜 가죽이
한 뭉치 횃불처럼
　　그 자리에서 미친 듯 타올랐다

* 火把節: 이족(彝族), 바이족(白族), 나시족(納西族), 라후족(拉祜
　族) 등 중국 소수민족의 전통적인 명절로 보통 음력 6월 하순부
　터 며칠간을 이른다.

30

죽은 투우
—다량 산의 투우 이야기 2

그는 파괴될지언정 패배하지 않았다
—어니스트 헤밍웨이

사람들이 깊이 잠든
어느 한밤중
그는 힘없이 우리 안에 누워 있었다
죽음을 기다리는
게슴츠레한 두 눈은
비애와 절망으로 가득했다

그런데 바로 그때
먼 들판
왕년의 투우장에서
한 마리 건장한 투우의 고함 소리가 들려왔다
도전적인 음성으로
오래전 잃어버린 그의 이름을 외치며 그를
조롱하고 모욕하고 저주하는 소리가
순간, 그의

야성의 본능이 불타올랐다
그리하여, 그 옛날의 들판으로 미친 듯 내달렸다
그가 돌진해간 자리에
울타리가 굉음 속에 무너졌고
어린 나무들은 찢겨져 울었으며
바위는 둔탁하게 부서지고
대지는 날카롭게 패였다

새벽녘 자욱한 안개 속에
태양이 떠오르자
사람들은 옛 투우장에
죽어 있는 투우를 발견했다
진창 깊숙이 처박힌 뿔과
난도질당한 몸뚱이를
다만 채 감기지 않은 두 눈에선
거만한 만족의 미소가 흘러내리고 있었다

어머니의 손

이족 어머니가 죽으면, 화장할 때 언제나 몸을 오른편으로 눕힌
다. 듣자 하니 그것은 신령 세계에서 실을 자을 때 왼손을 써야 하
기 때문이란다

── 제사

그렇게 오른편으로 누워 고요히 잠들다

길고 긴 강물로 잠들고

면면한 산맥으로 잠들다

수많은 사람들이

그녀가 잠든 곳에서

끝이 보이지 않는 바다 기슭으로 달려가는

산의 딸과 아들 들을 보았다

액체의 땅이 가라앉을 때

기슭에 앉은 인어의 등 뒤로

솟아나는 침묵의 암초를

그때 오로지 낡은 노래 하나만이

가장 순결한 초승달을 끌고 있었다

바로 그렇게 오른편으로 누워 고요히 잠들다

청량한 바람 속에
부슬거리는 비를 맞으며
옅은 안개로 뒤덮이고
하얀 구름에 휘감긴 채
고요한 여명과
매혹의 황혼
모든 것이 싸늘한 조각상으로 변하다
오로지 그녀의 왼손만이 둥실 떠올랐다
분명 피부엔 온기가 피어나고
혈관엔 피가 돌 것이다
바로 그렇게 오른편으로 누워 고요히 잠들다
그야말로 인어처럼
순결한 초승달처럼
침묵하는 암초처럼
땅과 하늘 사이에 잠들다
죽음과 삶의 저 높은 곳에 잠들다
그리하여 강물은 비로소 그녀의 몸 아래 변함없이
흐르고

숲은 비로소 그녀의 몸 아래 변함없이 울창하며
바위는 비로소 그녀의 몸 아래 언제나처럼 서 있
을 터
우리, 고통으로 행복한 민족은
비로소 이렇게 울고, 절규하며, 노래하리니

바로 그렇게 오른편으로 누워 고요히 잠들다
세상의 일체가 사라질 때
드넓은 창공 위로
불사(不死)의 기억 위로
오직 그녀의 왼손만이 떠 있다
그렇게 따스하고, 아름답고, 자유롭게

검은 강물

나는 장례에 대해 알고 있다,
대산* 이족의 고색창연한 장례에 대하여
(한 줄기 검은 강물 위로,
인간의 눈동자가 황금의 빛으로 반짝인다)

강물처럼 흘러 조용히 계곡을 넘어가는 사람들이
보인다
강물처럼 흘러 저 비애의 낮은 물결로 출렁이는 사
람들
       묵묵히 영고성쇠(榮枯盛衰)의 인간사를 넘어
       묵묵히 저 신비의 세계를 넘어

강물처럼 흐르는 사람들이, 바닷물로 모여
죽음 옆에서 왁자지껄 떠들 때, 조상의 토템이 하
늘 위로 떠올랐다
운구를 멘 사람들, 꿈꾸듯 영혼이
화승총 소리에 태초의 눈부신 예복으로 변했다
죽은 사람이 보인다, 대산처럼 편안하게

어루만지는 수천 개의 손들 사이로, 벗들의 구슬픈
노래를 듣는 그

나는 장례에 대해 안다,
대산 이족의 고색창연한 장례에 대하여
(한 줄기 검은 강물 위로,
인간의 눈동자가 황금의 빛으로 반짝인다)

* 大山: 작가 고향의 모든 높은 산을 통칭한다.

두건

어떤 사내가 두건*을
사랑하는 여인에게 주었네
그녀는 정말 운이 좋았지
왜냐면 마침내
진심으로 사랑하는 남자와 결혼했으니
아침과
저녁으로 사랑하며
세월은 조용히 흘렀고
그 두건을 바라볼 때면
달콤한 추억들로 벅차올랐네

어떤 사내가 두건을
사랑하는 여인에게 주었네
그러나 그녀의 부모는
그녀를
한번도 본 적 없는 사내에게 시집보냈다네
그때부터 그녀의 눈엔 눈물이 마르지 않았고
꿈을 꾸지 않는 밤이 없었지

결국 그 두건으로
꿈속의 티를 닦아낼 밖에

어떤 사내가 두건을
사랑하는 여인에게 주었네
바람 때문인지
비 때문인지
아니면 언젠가 크게 터진 홍수 때문인지
서로 연락이 영영 끊겨
그렇게 몇 년인가 세월이 흘렀지
어느 날 장에 가던 길목에서
갑자기 그 사내와 마주쳤다네
두 사람 한마디 말도 없이
누구도 옛날 일을 꺼내려 하지 않았지
두 사람의 손엔
각자 아이의 손이 잡혀 있었어

어떤 사내가 두건을

사랑하는 여인에게 주었네
멀리서 들려온 천둥 탓일까
어느 초여름의 쌀쌀한 기운 탓일까
그녀는 외지 놈과 달아나버렸지
원래 한여름 저녁 무렵쯤 돌아올 생각이었는데
돌아오니 이미 겨울날 새벽녘이었어
그로부터 그녀는 밤이면 달빛 아래서
남몰래 두건에 수놓인 체크무늬를 세고 있다네

어떤 사내가 두건을
사랑하는 여인에게 주었네
그런데 영원한 기다림을 위한 거라며
하늘도 땅도
배반하라며 꼬드겼어
사실 그들은 서로 마주보는 두 해안이었네
배가 한번 지나갔지만
깨어 있을 때나
잠들어 있을 때나 우물거리기만 할 뿐

마침내 어느 날
그녀가 죽었다네
장례를 치르러 온 사람들이
깊이 숨겨둔 그녀의 유물 중
그 두건을 발견했지
그러나 아무도 두건에 관심이 없었고
그 내력에 대해서도 알지 못했어
그래서 그냥 두건으로
죽은 자의 창백한 얼굴을 덮고는
웅크린 몸뚱이와 함께
고원(高原) 위에서 태워버렸지

* 다량 산의 남자들은 연인에게 두건을 주는 풍습이 있었다.

오래된 대지

량 산(凉山)이 에워싼 들판에 섰다
발밑은 신비한 대지,
조상의 머리가 묻힌 곳

오래된 대지여
역사보다 유구한 땅이여
너만큼 오래된 대지가 세상에 또 있으랴

한 무리 인디언이
남미의 초원에서 사슴을 쫓는다
그들의 아이들은 평화로이 잠들어 대지엔
소녀들과 소곤대는 종려나무 소리뿐
흑인, 아프리카의 무거운 몸뚱이를 밟고 선
저 검은 형제들
그들의 발소리가 대지를,
아프리카의 북을 두드린다
그들의 피부색만큼 검은 땅에
붉은 여명이 눈에서 흘러 나온다

태고의 황금빛으로 반짝이는
에티오피아
천 개의 밴조*가
검은 제물을 찬양하네
고요히 흐르는 돈 강이
풍요의 땅 위로 흐르고
황혼 아래 카자크인**의 결혼식이 한창이다
사방이 오래된 땅
아이들이 태어나고
노인들이 돌아가는 곳

오래된 대지여
역사보다 유구한 땅이여
너만큼 오래된 땅이 세상에 또 있으랴
살아 있는 동안, 아니 죽어서도
나의 두개골, 이족의 두개골에
인류 우애의 시를 새겨두리니

*banjo: 주로 재즈나 민속음악에 쓰이는 기타의 일종. 아랍이나 유럽의 기타가 아프리카로 건너가서 변형된 것으로 여겨진다.
**Kazak: 15~16세기 러시아 중부에서 남부 변경 지대로 이주한 농민 집단.

커우시엔 켜는 노인

누구의 커우시엔이 태양 아래 반짝이나,
왕잠자리의 날개 같구나
—— 제사

1

뭇 산들에 둘러싸인 산골짜기 산골짜기 안에
그의 망치 소리가 적막한 안개를 뚫고 간다
별처럼 매달린 이슬 위로 음악이 낙하하면
처녀림은 바람에 밟던 스텝을 멈춘다
그때 남성의 진동이
쏟아지는 달빛 아래
고원 호수의 풍만한 복부 위에서
사랑과 미와 결합했다

2

그의 늙고 주름진 손은
십이월 고원의 강물
황갈색 멜로디와

기복하는 상념들이 흘러 흘러
부드럽게
황금빛 황금빛의 고동색을 끊어내네

3

자유의 물고기가 그의 손안에서 헤엄친다
두 날개는 고동색 물결
그는 암초를 높이 또 높이 들어
금색의 고기비늘을 향해 던졌다
이제 그의 동화 세계로부터
아름다운 왕잠자리 떼가 날아오르리

4

왕잠자리의 금빛 날개 파닥이네
태양의 하늘 위로
대지 위 산봉우리 위로
남자의 이마 위로
여자의 입술 위로

아이들의 귀걸이 위로
왕잠자리의 금빛 날개가 파닥이네
동방으로
서방으로
황인종의 귓전으로
흑인종의 귓전으로
백인종의 귓전으로
창장(長江)과 황허(黃河)의 상류로
미시시피의 하류로
이는 고대로부터 들려오는 이족의 소리
영혼으로부터 울리는 이족의 음성

   5

달님이 다량 산 등 뒤로 솟아오를 때
산언덕의 바위처럼 사랑이 서 있다
바쁘게
맴도는 왕잠자리
달콤한 왕잠자리

소녀의 젖가슴 위로 내려앉은
저 소리 없는 나팔꽃이
홀로 별하늘 바라보며 숨을 쉰다
쌍쌍의 금빛 날개들이 있기에
사랑은 이 땅 위에 유구한 것

6

만약 대지에 금빛 날개 소리 사라진다면
우정의 메아리도 돌아오지 않으리
그러면 세계는 적막에 빠지고
대지는 사막으로 변할 터
이보다 더한 절망이 있으랴
이보다 더한 슬픔이 있으랴

7

인류는 생명의 단백질과
죽음의 핵폭탄을 제조했다
피카소의 평화의 비둘기가

제트기의 양 날개와 나란히
인류의 머리 위로 비행한다
평원 위로   난다
높은 산 위로   난다
강물 위로   난다
무명의 깊은 골짜기로   난다
우리의 노인들은 수만 번 사랑을 제조했고
수천 개의 태양을 제조했다
저 왕잠자리의 금빛 날개를 보라
모든 종족의 고향을 향해 날갯짓하는

    8
어느 날 소리 없이 그가 죽었다
영원한 사랑을 위해 호흡을 멈추었다
그때 그의 평온한 머리 위로
한 떼의 아름다운 왕잠자리가 날아와
금빛의 금빛의 날개를 반짝였다
이 땅의 노래를 사랑하는 이족들이

그의 육신을 들고   저
천고불멸(千古不滅)의 태양을 향해 행진한다

이족의 노래

예전에 내가 천 번씩
하늘을 망본 것은
독수리의 출현을
기다렸기 때문이지
예전에 내가 천 번씩
뭇 산들을 지킨 것은
내가 독수리의 후손임을
알기 때문이지
오, 다량 산 샤오량 산(小凉山)에서
사금(砂金)의 강변까지
우멍 산맥*에서
훙허(紅河)의 양 기슭까지,
어머니의 젖은 꿀처럼 달고
고향의 밥 짓는 연기는 두 눈을 적셨네

예전에 내가 천 번씩
하늘을 망본 것은
민족의 미래를

기다렸기 때문이지
예전에 내가 천 번씩
뭇 산들을 지킨 것은
잊지 못할 사랑을
간직하기 때문이지
오, 다량 산 샤오량 산에서
사금의 강변까지
우멍 산맥에서
훙허의 양 기슭까지
어머니의 젖은 꿀처럼 달고
고향의 밥 짓는 연기는 두 눈을 적셨네

* 烏蒙山脈: 중국 윈난 성(雲南省) 동부와 구이저우 성(貴州省) 서
  부에 걸친 산맥.

강물에 감사하다

당신이 그리울 때마다
그 강물을 떠올리곤 했지요
강물 위 한 조각 하늘을
꿈결처럼 가슴 아팠던 만남을
이 기나긴 순간을 위해
나는 믿어요, 우리의 목마른 영혼이
이미 모든 세기를 지나왔음을
이제야, 내가 당신의 것인 줄을 알겠습니다
당신이 나의 것이듯
이 계절을, 우리는 오랫동안 기다렸지요
하늘의 뜻일까요? 운명의 장난일까요?
왜 기쁨과 고통은 함께 올까요
강물에 얽힌 내 운명이
내 삶을 행복과 말 못할 고통으로 가득 채웁니다

나의 소원

이족의 아기가 태어나면,
어머니는 순결한 강물로 아이를 목욕시킨다

어느 날 내가 죽으면
석양의 그림자를 밟고 대산에 오르리
오, 어머니, 어디 계신가요?
젖내 나는 목소리로 당신을 불러도
대답이 없군요
오직 황혼녘
화장터에서나
비틀거리는 당신의 그림자를 보겠지요

이제 당신에게로 갑니다
오, 어머니, 나의 어머니
당신은 부드러운 바람도 아니요
하염없는 빗줄기도 아닙니다
당신은 한 조각 푸르른
적막한 초원

나는 벌거숭이로 돌아가
어린 날의 노래를 부르겠어요

오, 어머니, 나의 어머니
나를 위해 신음하지 마세요
지금이 사랑할 때라면
밤이슬이 조용히 내려올 거예요
이 아득한 세상으로
이 영고성쇠의 세계로
나의 피부는 태양의 광택을 얻고
내 눈동자는 숲의 색을 띨 거예요
하지만 보이나요?
내 몸뚱이,
한때 당신 때문에
가장 순결했던 몸뚱이에 새겨진
추악

오, 어머니, 나의 어머니

정말 당신을 만나게 될까요?
그렇다면 당신의 아이를 위해
다시 한 번 신성한 목욕을 시켜주세요
티 없는 깨끗한 몸으로
영원히 당신 품에 잠들도록

나에게

오솔길이 없다고
그리움이 없는 건 아니지
별빛이 없다고
온기가 없는 건 아니지
눈물이 없다고
슬픔이 없는 건 아니지
날개가 없다고
거짓말이 없는 건 아니지
끝이 없다고
죽음이 없는 건 아니지
하지만 분명한 건
다랑 산과 내 민족이 없다면
지금의 나, 시인도 없다는 것

「송혼경(送魂經)」을 들으며

살아 있을 때
비모*에게 내 혼을 배웅하라 청해둘 것을
살아 있을 때
조상의 길을 따라 돌아갈 것을
이 모든 것이
꿈이 아니라
현실로 이루어진다면
저 오래전
잠든 선조들이 내게
매일 무엇을 했느냐 묻는다면
숨김없이 말하리라
그는
모든 종족과 여인의 향기로운 입술을
뜨겁게 사랑했고
밤마다 시를 썼지만
한번도 남을 해한 적 없었노라고

* 畢摩: 이족어 음역, '畢'는 '경을 읽다'는 뜻이고, '摩'는 '지혜로
운 장자(長者)'라는 뜻. 전문적으로 다른 사람을 위해 제사 지내
고 기도해주는 사제(司祭)를 말한다.

이해

나를 따라오세요
저 인파 속으로 들어가
리코더와 마부*의 연주를 들어요
그러면 당신은 보게 될 거에요
한 곡조 한 곡조 끝날 때마다
내 고개가 무겁게 떨어지는 것을

나를 따라오세요
하지만 부탁이 있어요
내 눈물이
술 탓이라 생각지 마세요
내 거동이
정말로 이상하다면
그건 완전히
저 고색창연하고 미묘한
음악의 특이한 언어 탓인걸

나를 따라와요

지금 집으로 데려가지 말아줘요
이런 선율과 음계가
나를 얼마나 행복하게 하는지
당신은 모를 거예요

* 馬布: 이족의 원시 악기.

잃어버린 전통

마치 한 자루
버림받은 대나무 피리처럼
불어오는 산바람에
그는 흐느껴 울었다

한 다발 별빛처럼
구름의 심연 속에 반짝였지만
눈에는
슬픈 숨소리가 고여 있다
사실 그는
하얀 안개 더미를 더 닮았다
언덕을 따라 천천히
말없이 떠나가는 모습이
추억으로 피어오르는 모습이

구리라다*의 암양(巖羊)

다시 한 번
저 오묘한 경계를 주시하라
하늘 위의 일체가
신비의 영원으로 통하고
끝없는 광야로 연결되는
공허와 한기가 바로 거기 있다
말발굽 소리의 소리 없는 메아리

수컷의 굽은 뿔이
길 떠나는 운무(雲霧)를 장식한다
등 뒤로 검은 심연
짙푸른 파랑(波浪)으로 넘실대는
순결한 눈동자

내 꿈에는
별들이 빛나야 하고
내 영혼엔
번개가 쳐야 한다

나는 잃을까 두렵다
다량 산 정상에서
내 꿈이 흩어져버릴까 봐

* 古里拉達: 량산 지구의 어느 지명.

부락의 리듬

고요가 충만할 때도
느낄 수 있지
불끈 일어나는 욕망이
내 영혼을 타고 올라
한바탕 폭풍을 불러내는 것을

한가하게 거닐 때도
느낄 수 있지
그 격발하는 충동이
내 몸 안을 세차게 흘러
미친 듯 달리라며
두 다리를 밀어내는 것을

달콤한 낮잠 속에서도
나는 느낄 수 있지
그것이 끌어낸 상념이
내 머리를 빙빙 감아
불면의 꿈으로 변하는 것을

아, 나는 안다
수년간
바로 이 신비한 힘이
내 오른손을 움직여
담담한 우울로
이족의 시를 쓰게 하는 것을

자장가
—— 이족의 어머니에게 바치는 노래

하늘의 독수리도
때로 땅에 깃들고
땅 위의 표범도
때로 곤해진단다
잘 자거라,
엄마의 아들
(따뜻한 곳에서
부드러운 손이 뻗어 나오면
가수의 무거운 이마
달빛처럼 고요하다)

하늘의 산비둘기도
때로 날개를 접고
땅 위의 노루도
때로 뜀박질을 멈춘단다
잘 자거라,
엄마의 아들
(전설 속 기담을 풀어

소녀의 머리를 길게 땋아주면
해질녘까지 문밖에
꿈을 묶어두고 장난질한다)

하늘의 기러기도
잠들 때가 있고
땅 위의 사냥개도
꾸벅 존단다
잘 자거라,
엄마의 아들
(아득하게 들려오는 천둥소리
얼기설기 남긴 상념들
장마가 두고 간 미련을
오솔길은 알지 못하네)

하늘의 태양도
떨어질 때가 있고
땅 위의 화톳불도

꺼질 때가 있단다
잘 자거라,
엄마의 아들
(이른 아침 잠 깨면
용감한 전사로 자라 있으리
그때 엄마가
이 세상에 없어도
울며불며
찾지 말렴
엄마는 영원히
이 검은 땅에 있으니)

하늘의 달도
움츠릴 때가 있고
땅 위의 강물도
침묵할 때가 있단다
잘 자거라,
엄마의 아들

(별님이 하늘로 올라가고
골짜기 보랏빛 산들바람도
종적을 감춘 지 오래
오로지 영혼만이
소리 없는 우울을 느끼리)

인상

기와지붕 쪽에서 날아왔는데
소리가 없다
평시처럼
미미한 진동만이
공기 속으로 녹아들 뿐

산 저편 아스라이
햇빛이 사위로 흘러내린다
청색 석판 위로
곤충들이 까맣게 기어오르고
자장가 한 소절이
물안개를 따라 피어올랐다
어슴푸레한 자취가
점점이 사라져간다

황혼이 내릴 무렵
육중한 목조 문을 열고
고요한 하늘을 바라보았다

무언가 하고 싶은 말이
끝내 나오지 않았다

땅

내가 이 땅을 깊이 사랑하는 이유는
이 땅에서 태어났기 때문만도
이 땅에서 죽기 때문만도
오래된 족보 때문만도 아니다
만난 적 있거나 없는 벗들이
이 땅에서 하나둘 죽어간 것은
이 땅에 우리의
깊숙한 야성의 강물이 수천 갈래로 흐르기 때문만도
조상의 혈액이 밤낮으로 흘러넘치기 때문만도 아
니다

내가 이 땅을 깊이 사랑하는 이유는
저 꿈같은 낡은 노래가
마음을 저토록 슬프게 저미기 때문만도
이 땅의
어머니의 애무가 특별히 따사롭기 때문만도
이 땅에
우리의 따뜻한 기와집이 있기 때문만도

수천 년간 낮은 문간에 앉아
우리를 위해 실을 잣다
죽거나 살아 있는 할머니들 때문만도 아니다
이 땅 위에
우리의 맷돌이 해질녘까지 노래 부르고
황금처럼 황홀한 따사로움이
여인들의 검은 유두로 흘러들기 때문만도 아니다

내가 이 땅을 깊이 사랑하는 이유는
그 자체가 그런 일상이기 때문이다
내가 아무리 눈시울 적시며 노래를 불러줘도
그는 바윗돌처럼 입을 굳게 다문다
오직 내가 슬프고 괴로워
어딘가 기대 누울 곳을 찾을 때
나는 이 땅을 느낀다, 무거운 요람을
살랑살랑 흔드는
이족의 아비를

추억의 노래

바로 그런 선율이
멀리 대산 등 뒤로 떠올랐다

바로 그런
낡고, 신비한 선율이

바로 그런
        그토록 낯익은 묵직한 선율이
어머니의 젖가슴처럼 아내의 눈망울처럼
바로 그런 선율이
눈부신 별빛을 걸치고 태양으로 타올랐다
바로 그런 선율이
누군가 이족의 문을 열자
황금빛 눈물 방울이 되어 화로 속으로 굴러떨어졌다

바로 그런 선율이
흔들리는 커우시엔과 춤추는 스텝 속에서
바로 그런 선율이

여인의 이마를 스치고 아이들의 입술 위로 날아
바로 그런 선율이
키 작은 기와지붕 위에서
수백 년의 검은 꿈을 짜고 있다

바로 그런 선율이
깊은 바다로 뛰어든 당신의
검게 그을린 영혼 속에서
　　　한 마리 물고기처럼
자유롭고 아름답게 헤엄친다

바로 그런 선율이
멀리 대산 등 뒤로 떠오른다

바로 그런 선율이
어쩔 줄 모르는, 슬픈 선율이

블랙 랩소디

삶과 죽음이 만나는 꿈의 경계선에
강물과 땅이 밀회하는 곳에
별이 잠자듯 침묵하는
푸른 밤하늘에
가수의 우울한 입술에 미소가 사라지고
싸리문이 잠들고 맷돌이 노래를 멈추며
자장가의 마지막 음표가 반딧불이 되어 날아갈 때
피로에 지친 어머니들이 꿈의 나라로 들어간다

그러자 멀리, 구름 뒤
산 정상에서
꿈의 가장자리를 딛고 곤히 잠든 독수리 뒤로
멀리서 죽음이 눈을 꾸욱 감는다
그러자 멀리, 이 땅 위
달빛 아래 이동하는 수천 갈래의 강물들
그들의 그림자가 허무를 향해 달린다
그러자 멀리, 저 수풀
베갯머리를 유혹하는 솔잎들의

적막한 시각
잔인한 표범도 산양을 잡아먹지 않는 때
오, 구리라다의 협곡, 이름 없는 강물이여
네 혈액의 리듬을 내게 다오
내 입이 너의 성대가 되도록
다량의 남자, 우파오 산(烏抛山)이여
어서 샤오량의 여인, 아샤쥐 산(阿呻居山)을 안아
다시 한 번 나를 잉태해다오
너의 배 속에서
사라진 기억이 다시 부풀도록

이 적막한 시각
오, 검은 꿈이여, 어서 나를 덮어다오
애인 같은 너의 애무에 분해되어
공기가, 햇빛이 되게 해다오
돌이, 수은이, 처녀가 되게 해다오
쇠가, 구리가
운모가, 석면이, 도깨비불이 되게 해다오

오, 검은 꿈이여, 어서 나를 삼켜다오, 녹여다오
너의 인자한 품에 녹아
초원이, 소와 양이 되게 해다오
노루가, 종달새가, 가는 비늘의 물고기가 되게 해
다오
부싯돌이, 말안장이 되게 해다오
커우시엔이, 마부(馬布)가, 카셰주얼(卡謝着爾)*
이 되게 해다오
오, 검은 꿈이여, 내가 사라질 때
슬픈 죽음의 노래를 불러다오
지디마자라는 무거운 고통의 이름이
새벽 햇살의 신비로운 색채로 물들도록

나의 말과 노래는
이 땅 영혼의 진실한 메아리
나의 시, 그 모든 구두점들이
땅의 푸른 혈관을 타고 흐르네
오, 검은 꿈이여, 내가 사라질 때

저 거대한 바위에게 말하게 하라
내 뒤에 고난과 영광의 인민이 있음을
수천 년 고독과 비애를 나는 믿노니
바위라도 눈물을 쏟으리라
오, 검은 꿈이여, 내가 사라질 때
내 민족을 위해 밝고 따뜻한 별들을 띄워다오
오, 검은 꿈이여, 너를 따라
마침내 죽음의 고향으로 가리니

* 모두 이족이 사용하던 고대의 악기 이름.

바위

그들에겐 이족의 얼굴이 있다
뭇 산 가장 쓸쓸한 곳에
죽은 듯 서 있는 이 물체
독수리 발톱 자국 가득 난 검은 이마
(수년간 복받치던 설움이
모든 꿈의 계절을 지나
낡은 하늘과 낯익은 대지를 돌아볼 때
가없는 꿈, 흐릿한 기억
오직 타오르는 태양의 불꽃만이
저들을 죽음의 잠으로 데려가리
그러나 누가 말해줄까?
이 모두가 인류의 불행임을)

나는 수많은 죽은 물체들을 보았다
그들에겐 이족의 얼굴이 있었다
한 세기 또 한 세기의 침묵도
그들의 고통을 덜어내지 못했다

산 그림자

태양을 따라온
저승사자는
머리도 없고
입도 없고
소동도 소란도 없었다

그는 빛의 날개옷을 입고
비밀스러운 곳에서 나와
만물의 피로와 갈망을 어루만지며
이름 없는 예언을
점술사의 양(羊) 뼈에 전달했다*

그는 자유의 영혼이자
이족의 수호신
그의 고요한 품에 기대어
황혼의 별을 꿈꾸면
강철의 소리들이 아스라이 사라진다

* 중국의 고대 점술사들은 동물 뼈 갈라지는 모양을 보고 점을 쳤다.

고향의 신령

조용조용
자유의 숲을 지나가요
야수들과 행진하며
최초의 신비 속으로 빠져들게

쉿, 놀래키지 말아요
저 산양이랑 노루랑 표범은
안개의 충실한 아이들이거든
옅은 빛 속으로 얌전히 사라질 거예요

영원한 고요를 방해하지 말아요
이곳의 신령스러운 기운은
사방을 돌아다니는 죽은 선조들
그들은 낯선 그림자를 두려워해요

조용조용, 더 조용히 걸어요
비운의 눈빛이 푸른 잎사귀를 환히 비췄어도
이런 이상하게 고요한 순간에는 종종

다른 세계의 소리가 들리곤 하거든요

세월

산속 뻐꾸기가
언제 둥지를 트는지
오래전부터 알고 있었어
누군가 내게
꿀벌이 노래하는 바위가 어디냐 물으면
그것쯤이야
식은 죽 먹기였지
매미의 연주는
신비로운 햇살로 가득하지만
오직
메밀 씨 뿌리는 계절뿐이라고 말해줬어
아, 사람의 기억은
때로 신통하기도 하지
내기할까
만일 운명이 나를
아름다운 고향으로 돌려보내준다면
그 자리에서 눈 꼭 감고
먼 곳 희미한 소리까지

알아맞혀보겠어
소녀의 살랑대는 치맛자락인지
언덕 위 풀 뜯는 양 떼인지

사라진 조각

홀로 앉은 어느 날
보이지 않는 그림자들이
내 눈 속으로 차고 들었다

수많은 일들이
이미 잊혀졌어도
사람에게
이런 순간은
아무 때나 오는 게 아니다

그녀의 얼굴이
생각나지 않는다
모든 추억의 장소가
안개 속에 뿌예져

간혹
눈을 뜨고
창밖을 바라본다

어쩌면 의식의 끄트머리에
햇살 한 줄기가
새의 날개처럼 앉아 있을까

소리 나지 않아도
들리는 게 있다
공허하고
낯선
심장의 박동 소리
존재하지 않는
육체와 같은

이것이야말로
영원한 죽음 아닐까!

산속

첩첩산중에는
늘 이런 때가 있지
고개를 숙이고 집 안에 앉은 그에게
문득 많은 생각들이 떠올랐어
발 앞의 불은 꺼진 지 오래지만
손끝 까딱하기도 싫었지
이 길고 적막한 세월 동안
어쩌면 습관이 되어버렸나 몰라
저 이름 없는 추억들이
연인처럼
왔다가 가곤 했지
왔다가 가곤 했어
하지만 당신은 영원히 모를 거야
그녀가 벌써 문 앞에 와 있는 걸
첩첩산중에는
늘 이런 때가 있기 마련이지
이미 세상을 떠난 친구가
불현듯 떠오를 때가

추모

이 자리에 내가 서 있다
철근 콘크리트 그림자 속에서
내 몸은 둘로 쪼개어졌다

이 자리에 내가 서 있다
신호등 불빛 알록달록한 거리 위에서
불안한 마음은 다시 위안을 얻지 못하리라
어머니, 말씀해보세요
잃어버린 커우시엔을 되찾을 수 있을까요?

먼 곳

멀리
서 있는 건 푸스와헤이*가 아니다
해질녘
저 아스라한 산언덕이 내려오면
큰바위 얼굴이
구름과 이야기한다
어떤 영원이
하늘로 올라가
문을 두드린다
잊지 않으리, 결코

멀리
길게 흐르는 것은 질러부터가 아니다
저 야성의 강물이
돌아가는 길목에
길 잃은 아이 하나가
엄마를 바라본다
어떤 외침이

산중을 흔들면
그다음은 후회
잊지 않으리, 결코

멀리
기다리는 것은 기와지붕이 아니다
저 따뜻한 구들
밤이 지나면
외마디 탄식 소리
만져봐도 곁에 없고
무거운 상념만이
줄 끊어진 커우시엔을 퉁긴다

그다음은 침묵
잊지 않으리, 결코

* 溥石瓦黑: 지명.

쓴 메밀

메밀아, 숨소리도 없는
너는 대지의 그릇
별의 젖을 빨고
한낮의 작열하는 빛을 기억하는
메밀아, 네 뿌리를
생식력이 가장 센 땅에 내려라
너는 원시의 은유이자 상징
지침 없이 고원을 구르는 태양
메밀아, 영성으로 충만한
너는 우리 운명의 방향
너는 오래된 언어
너의 피로는 서서히 다가오는 꿈
오로지 너의 기도를 통해
우리의 염원의 언어가
신령과 선조 곁에 가닿으리
메밀아, 보이지 않는
부드럽고 가는 팔로, 우리를
어루만져다오, 네가 어머니를 노래하듯

우리는 너를 노래하리

땅속에 묻힌 단어

땅속에 묻힌 단어를
찾고 있다
알다시피 그것은
어머니의 양수이자
어둠 속 빛나는 물고기

내가 찾는 단어는
밤하늘에 박힌 보석
그 뒤로
날아가는 새의 잔영을 머금은
점성가의 두 눈동자

내가 찾는 단어는
죽은 조상을 불러내고
만물의 영혼과 감응하는
제사장의 몽환의 불

나는 땅속에 묻힌

단어를 찾고 있다
어느 산지 민족이
모어를 통해 자손에게 남긴
저 가장 은밀한 기호를

보이지 않는 사람

어느 비밀스러운 곳에서
누군가 내 이름을 부르고 있다
그러나 나는 그가
누군지 모른다
그 목소리를 가져갈까 했는데
들어보니 너무 낯설다
분명
저런 음성으로 나를 부른 사람은
내 친구 중엔 없는데

어느 비밀스러운 곳에서
누군가 내 이름을 쓰고 있다
그러나 나는 그가
누군지 모른다
꿈속에서 그 글자를 찾고 싶었지만
깨고 나면 늘 잊어버린다
분명
저런 편지를 보낸 사람은

내 친구 중엔 없는데

어느 비밀스러운 곳에서
누군가 나를 기다리고 있다
그러나 나는 그가
누구인지 모른다
엑스레이로 그림자를 투시하려 했지만
허무밖엔 없었다
분명
이렇게 나를 따라다닌 사람은
내 친구 중엔 없는데

비모를 지켜라
― 이족 제사장에게 바치는 노래 1

비모가 죽자
홍수로 길이 끊어지듯, 일순
모어의 모든 단어들이
의미를 잃고 파리해졌다
일찍이 우리를 감동시키던 이야기들도
돌처럼 굳어 다시 입을 열지 않았다

비모를 지키는 것은
문화를 지키는 것
계시를 지키는 것
우리에겐 선택의 여지가 없다
시간이 증명하듯
저 점점이 사라지는 오후 속으로
전통이 찢겨지고
사시(史詩)의 음표가 얼어붙는다

비모를 지키자
우리가 추모하는 것은

민족의 영혼만이 아니다
우리의 두 눈에 흐르는 투명한 눈물
죽어버린 지혜와 정령에 보내는
애도

비모를 지키는 것은
한 시대를 기억하는 것
얼마큼의 신비와 온정과 눈물이 그곳에 있던가!

비모의 음성
—이족 제사장에게 바치는 노래 2

그의 음성을 들었을 때

그는 한 가닥 푸르스름한 연기 같은

꿈 위를 걷고 있었다

왜 산들은 이런 때에만

영원한 고요로 충만할까?

누구의 소리일까 인간과 귀신의 사이를 떠도는 이

소리?

인간을 멀리 떠났어도

진실과 허무의 경계를 서성이며

인간과 귀신의 입으로

삶과 죽음의 찬가를 부르는 육체의 소리일까

그가 해와 별과 강물과 영웅의 조상을 부를 때

신령과 초현실의 힘을 부를 때

죽은 생명이 다시 부활했다!

기수

미친 듯
빙글빙글 돌다가
말에서 내려
바위 옆에 몸을 뉘었다

머리 위는 태양
멀리 구름이 흘러간다

그러다 잠이 들었다
그렇다, 잠이 든 것이다
깔고 누운 땅도 덩달아
졸음이 그득하다

그러나 그런 때에도
그의 혈관엔
말발굽 소리가 그치지 않았다

샤오홍의 하얼빈

하얼빈은 샤오홍*의 땅
도시의
경계마다
이 위대한 여인의
이야기가
마침내 우리에게
후란장(呼蘭江)──저 불멸의 이름을
기억하게 한다!
꿈이
시작되는 도시
한때 그녀는
북극이 어느 방향인지도
모른 채
시커먼 밤길을 걸어다녔다
어딘가에서
이 천재 여성은
사랑이 거짓의 배반으로
여행 중에 죽으리라고

예언했었지!
바로 그런 기적 때문에
우리는 천 번 만 번
이 아련한 도시를 기억한다
비록 죽어
낯선 타향에 묻혔지만
감히 말하리라, 그녀의 영혼은
이 추운 눈보라의 나라를
한번도 떠나지 않았다고
중국의 북방이여
북방의 중국이여
여인의 손이 빚어낸
삶과 죽음의 신화여
그녀는 미소 지을 때에도
홑옷 아래
상처를 감추고 있었다!
이 도시
거리의 돌멩이들은

언제나 같은 자세로
세계를 대면한다
그들은 사람들이 총총거리며
허무로부터 걸어나와
저 길 끝에서
다시 허무가 되는 것을 보았다

얼마나 많은
인류의 기억이
그곳에 묻혀 있는가
샤오훙이 이곳을 떠나
다시 돌아오지 않은 것은
그녀의 숙명
사실 그녀는
자신의 모든 고난과 격정을
살아 있는 시간과
영원한 침묵에
바쳤던 것이다!

* 蕭紅(1911~1942): 중국의 여류 소설가. 헤이룽쟝 성(黑龍江省)
 후란(呼蘭)인. 1928년 하얼빈 중학교에서 5·4운동 이래의 진보
 적 사상과 외국문학을 접했다. 31세의 젊은 나이로 홍콩에서
 병사했다.

안장
— 카자크 시인 탕자러커* 기념관에서

누구의 안장이기에
그의 침묵은
초원을 사랑하는 민족의
애를 끓이는가
이토록 고요한 그
무언의 기다림이
영원으로 변하고
말발굽 소리도
돌처럼 굳어버렸다
이는 사랑의 증거
그의 참된 주인은
채찍질하며, 남자와 여자
세상 최고의 기쁨의 시간을 달려왔지
아직도 그는 소리쳐 부른다, 언젠가는 기수가
지난날의 영광을 되찾아 오리라
믿기 때문이다
목동의 탄식처럼, 그는 무겁다
자유를 숭배하는 영혼이

존엄과 평등을 얻기 위해

기꺼이 택할 것은

오로지 죽음뿐!

* 唐加勒克·朱勒迪(1903~1947)：중국 카자크족 현대시인. 신장
  (新疆) 출생. 국민당 반동파에 의해 구금되어 1947년에 병사했다.

산골 소녀에게

대산에서, 너는
어느 옛 노래의
　　　싱코페이션
초원 위를 뛰놀던 한 마리 새끼 양이었단다
사실 지난 얘기만도 아니지
시냇물은 아직도 졸졸졸 흐르는걸

원래 너는 선조의 문 앞을 지키던
전통의 조각상
햇살을 짜던 직녀였단다

그 작은 오솔길을 너는
수천 번도 넘게 물을 길러 다녔지
너의 애인은
우물 속에 한결같은 네 모습이 있다 했어
그런데 지금 너의 금빛 커우시엔은
오로지 산 바깥
보슬비 내리는 정거장을 노래하는구나

듣자니 거기엔
다른 세계로 가는 길이 있다지

꽃향기 코를 찌르는 캄캄한 여름밤이 오면
풀잎 더미 위로 너는 자유의 선장이 되리
아무도 배의 행선지를 모르리
검은 너의 머리카락만 밤하늘에 휘날릴 뿐

첫사랑

어린 시절 어른들은 말했네
아이들의 얼굴은 모두 둥글다고
엄마에게 왜냐고 물었더니
그저 손가락으로 달님만 가리키셨지
그 달은 정말 둥글었네, 나뭇가지 끝에 고요히 잠
든 모습에
나는 동생의 잠자리채를 떠올렸네
어떻게 하면 저런 어여쁜 색시를 채 올까
그때 지붕 밑엔, 황금빛 옥수수 다발이 가득 걸려
있었지
나는 소녀의 목걸이가 생각났네
나무 밑에서 놀던 숨바꼭질
달빛 아래 놀던 '신부 채기'*
왜 그랬을까, 내가 찾아다닐 때마다
그녀는 살금살금 다가와
물 같은 달님이 되었지
그녀의 웃음소리가 내 옷을 흠뻑 적셨어
어느 날 그녀는 백양나무로 뻗어나

들판에서 사랑을 노래했네

그녀가 꽃 안장 위에 올라탔을 땐
나의 신부가 아니었어
그날 밤, 엄마는 내가 어른이 되었다며
못 입게 된 작은 옷들을
동생에게 주라고 하셨지
그러나 나는
웃음소리에 젖었던 그 옷만은
숨겨두었네
그날 밤의 달빛을 찾아다녔지만
오직 나의 영혼 속에 있을 뿐
나는 동생의 잠자리채를 떠올렸네
어떻게 하면 저런 어여쁜 색시를 채 올까

* 이족의 처녀가 시집을 갈 때, 신랑 측에서 사람을 보내온다. 이
  때 신부의 친구들이 그를 저지하는데, 그러면 신랑 측 사람들이
  신부를 잡아온다. 이때 신부를 '채 온다'고 하는데, 아주 재미있
  는 광경을 이룬다.

마지막 외침

안타깝도다, 마지막 표창이 바로 자신의 심장을 꿰뚫을 줄이야
—제사

황혼과 여명이 교차할 때면 그는 어김없이 산으로
갔다
표범을 잡으러, 조상의 숭고한 영광을 잡으러
영혼이 숲에 말 걸 때, 그는 수많은 표창들을 조준
했다
(산사람들 말로는
젊었을 때 그의
이름이 바람에게 시집간 뒤
아주 먼 곳으로 보내졌다 한다
그래서
그렇게 많은 표범을 잡은 거란다)

굳게 다문 대장부의 이마는 험난한 역정의 일기로
가득했다
환희로 들썩이던 고원의 호수가 잠잠해지자

114

비로소 가슴 깊숙이 낮은 비음으로

산 노래를 길게 흥얼거린다, 굽이굽이 펼쳐지는 구

절들이

산처럼 솟구치는 파도로 여인들의 심장을 전율시

켰고

저 황혼녘 찬란한 바위로 그녀들의 콧날을 시큰케

했으니

머리 위로 먼 태곳적 산들의 환영(幻影)이 내리고

구릿빛 가슴팍은 야성과 사랑으로 비옥했다

그 위로 여인들은 불사의 신념을 자유롭게 심고 일

구었던 것이다

(산사람들 말로는

그때 그는 이미 늙었는데도

고집을 부리며

표범을 향해

마지막 표창을 던졌다 한다

그들 말로는

그가 산으로 간 것은

때마침 황혼녘
혼자서 노래를 흥얼거렸다 한다
그날 이후 그는
다시는 돌아오지 않았단다
훗날 사람들은
표창을 겨눈 곳에 죽어 있는 그를 발견했다
마지막 표창이 심장을 관통한 채로)

별빛 아래 졸린 들판처럼 누워 있는 그의
두 눈은 해독되지 않는 언어들을 쏟아내는 은하처
럼 반짝였다
그의 부고는 나무처럼 산꼭대기 위로 높이 솟았고
그를 사랑했던 여인들은 태양조(太陽鳥)가 되어
가지에 내려앉았다
이제 대장부에 관한 이야기들이 저 대산에서 내려
오리
운명이 때로 인간에게 이토록 잔혹한 옷을 입힌다
는 전설이

(산사람들 말로는
분명 그가 죽은 뒤
몇 년 안 되어
그 자리에
어느 여인의 시신이
화장되고 있었다 한다)

꿈의 변주곡

내가 만약 이 세상의 마지막 사냥꾼이라면
지평선 위
고독한 숲을 향해
총을 겨누리
(마지막 총엔
마지막 총알이 들어 있다)

마지막 한 마리의 암사슴
마지막 한 마리의 노루
마지막 한 마리의 다람쥐
모두 두 귀를 쫑긋 세우고
죽음의 마지막 음성을 기다린다
그러나 나는 끝내—
총을 쏘지 못했다
왜냐하면—
등 뒤로
누군가의 음성이
그리고—

밀려오는 바닷물 소리가
들렸기 때문이다……

그래서—
뒤돌아보니
한 그루 오래된 태양
태양의 그림자 속에
내 운명의 형상이 서 있었다
나는 총을
죽음의 최전선 위로 내려놓았다
물론 그날 이후
생명의 교향곡은
다시 숲을 가득 채울 것이다
총알 위로
보랏빛 꽃들이 피어나고
총신 안으로
대자연과 인간의
속삭임이 들릴 것이다

그리고 나는, 운명의 부름을 듣게 되리라
가거라—
영원의 산으로
깊이 잠든
너의 선조가 있는 곳으로

의미

누가 토템의 의미를 풀 수 있을까?
그건 꿈속에 있어
그것의 보호를 받는다면
슬픔의 눈물을 안고서도
즐겁게 노래하리

추모집에 제(題)함

그렇다,
그녀의 마지막 말을 들은 것은
바로 나였다

이것은 당신의 기념책
나더러 누군가의 이름을 쓰라면
나는 위대한 영혼이라 쓰겠습니다
(이 이름은
당신에겐 낯설겠지만
내게는
죽을 때까지 간직할
특별한 이름이니까요)
옛날 옛적 그녀는
작은 소녀였답니다
치마를 갈아입던* 그 황혼녘
그녀는 숨죽여 울었더랬지요
왜인지는 몰라도
아무튼 그렇게 울었답니다

열다섯이 되던 해

그녀는 시집을 가게 됐지요

백마를 타고 산기슭을 지날 때

목동 하나가 그녀를 쫓아왔답니다

어떤 사람은

어린 시절 그녀가 문란했다고도 하고

또 어떤 이는

아주 아름다웠다고도 하지만

더 많은 사람들 말이

그녀는 세상에서 가장 착한 처녀였답니다

엄마가 되어

아이들을 낳았지만

남편이란 작자는 술고래였지요

서른다섯이 될 즈음

그녀는 종종 입을 크게 벌리고 거침없이 웃었습니다

어느 난산의 부인을

돕겠다며 찾아갔는데, 그 부인은 결국 죽고 말았
지요

바로 그해 겨울

버려진 아이를 안고 오다

문 앞에서 다리가 부러지던

그때 그녀 나이 쉰이었지요

그 후 정말로 늙은 뒤에는

부뚜막가에 앉아

아이들에게 옛날이야기를 들려주곤 했답니다

어느 여름날

어느 긴 여름날이었어요

옛날이야기를 하던 중

꿈꾸듯 스르르 죽었습니다

오직 품에 안겨 자던 아이만이

마지막 한마디를 들었답니다

별빛 찬란한 밤

마침 그녀의 일흔번째 생일이었지요

그녀의 이름은

지켜진스모**

그녀의 마지막 한마디는 이랬답니다

애야, 사람을 뜨겁게 사랑하거라

 * 이족의 소녀는 일정한 나이가 차면 치마를 갈아입는 의식을
   치른다. 일종의 성인식.
** 吉克金斯嬷: 이족 여성들이 흔히 쓰는 이름.

이주하는 부락
— 꿈에 본 조상

멀리서 그들이 걸어온다
무겁고 어두운 밤을 지나온
저 검은 얼굴들이
아스라이 초원 위로 떠오른다
달빛으로 짠 망토를 두르고
방금 잠에 빠진 어둠을 짊어졌다
　　　　한 줄기 깊고
　　　　　　　검은 강물이
땅 위로 흘렀다
저 검고 소란한 산들 위로
아름다운 한 쌍의 눈동자가 언제나
—— 의연하게 감겨 있다
그러나 선조의 토템이여
변함없이 높이 일어서라
또다시 용감한 추장 하나가
여명 속에 죽어간다 해도

(언덕 위에 아이 하나가

잘라낸 탯줄을 두 손에 들고
슬픔에 찬 얼굴로 서 있다)

멀리서 그들이 걸어온다
낡은 이족의 문자에 풍화된 저 발자국
어느 오래된 서사시가
삶과 죽음을 이야기한다
그러나 저 용맹스러운 사내들과
다정한 여인들은
불굴의 머리와 야성의 가슴으로
오래전처럼 탐스러운 열매를 맺으리
신비의 과실들이
대지 위로 떨어질 때
멀리서 처녀림은
달콤한 절규로 화답하리라
그러면 이 땅의 자궁 속에서
검은 나무 한 그루가
미친 듯 뻗어나리

한 쌍의 불행한 연인이
그 나무 위에 목매어 죽는다 해도

(언덕 위에 아이 하나가
잘라낸 탯줄을 두 손에 들고
슬픔에 찬 얼굴로 서 있다)

멀리서 그들이 걸어온다
머리 위의 지친 태양이
샛별이 뜬지도 모르는 것은
황혼녘에 치른 어느 노인의 화장 때문이다
그때 황무지에선
한 무리 임신한 여인들이
탄생할 아이를 위해 노래하고 있었다
별들이 모든
미소 띤 절벽 아래로 떨어질 때
영원한 샛별 하나 남아 반짝인다
언젠가 자장가 소리도

나이팅게일이 되어 날아갈 텐데
오래된 민족이여
정녕 언제까지나
장밋빛 환상에 젖어 있을 것이냐
번개 맞은
독수리 한 마리
피 흘리는 한쪽 날개 퍼덕이고 있건만

(언덕 위에 아이 하나가
잘라낸 탯줄을 두 손에 들고
슬픔에 찬 얼굴로 서 있다)

성회절*의 기도

나는 꿀벌에게 기도한다
금빛 대나무에, 대산에 기도한다
살아 있는 인간들이
불행의 재난을 피하게 해달라고
잠든 선조들이
저세상에서 편안하라고
이 땅에서 나는 기도한다
땅은 어머니의 육신
온몸이 술에 절어 흐느적대도
결코 잊지 못할

나는 기도한다, 땅에 뿌린 옥수수가
아름다운 진주로 태어나기를
면양이
위애샤하치에**처럼 용맹해지고
수탉이
와부두어지***처럼 강건하며
경주마가

다리아주어****처럼 명성을 날리기를
나는 기도한다, 태양이 영원히 지지 않고
훠탕이 나날이 더욱 끓어오르기를
나는 기도한다, 숲 속의 노루에게
강물 속 물고기에게
신령이여, 너에게 기도한다
이족의 진실한 마음을
너는 알고 있으리니

* 星回節: 화파절(火把節)이라고도 부른다. 이족의 전통 명절.
** 約呻哈且: 이족 전설 속의 길잡이 숫양.
*** 瓦補多幾: 이족 전설 속의 용감한 수탉.
**** 達里阿左: 이족 전설 중 명성을 날린 경주마.

이마얼보*

어찌 잊으랴, 그 가을날
꿈속의 그림처럼 부드럽게
네가 내게로 다가왔지
등 뒤로 먼 산 그림자가 가위로 오려낸 듯 굳어버
렸네
(오랜 세월 다른 건 다 잊었어도
그날만은 잊을 수 없어)
어찌 잊으랴, 그 가을날
깡충거리던 너의 갈색 선율이
노을 속 일몰보다도 눈부셨는데
어찌 잊으랴, 그 가을날
바람 따라 빙글빙글 돌던 너는
수천 가닥 태양빛으로 퍼져나
산 바위의 무거운 날개를 끌어왔지
어찌 잊으랴, 그 가을날
타들어가는 붉은 술처럼
피 흘리는 구름처럼
요란했던 너의 기억

어찌 잊으랴, 그 가을날을
또다시 먼 산 위로 너의 환영이 보여
울음을 터뜨릴 뻔했지
그날의 가을날을, 어찌 잊을까
내가 죽는 날까지

* 依瑪爾博: 이족 민간에서 사용한, 꼭대기에 붉은 술이 달린 밀
  짚모자.

황혼의 그리움

검은 밤이
벌써 와 있다면
이렇게 말하고 싶다
안녕, 나의 우울
네 곁에 앉으면
내 치맛자락이 팔랑이고
이마의 그리움도
표표히 떠나가네
너의 입술은 또 다른 물질
갈망이
고요 밑으로 서서히 가라앉네
너의 육체는 태초의 혼돈
태고의 신비를
간직한

아, 이렇게 홀로
한 세기를 앉아
시간과 세월을 잊고

지난날의 느낌을 되찾을 수 있다면

가을날의 초상

가을 황혼이 지나간 고요 아래
그는 한 토막 땅이 되어 반듯이 누웠다
천천히 사지를 쭈욱 펴면
태양이 최후의 입맞춤으로
그 구릿빛 피부를 불태운다
눈썹 위로 한 떼의 태양조가
자유롭게 춤추고
바람이 무거운 달님을 흔들어
가장 높은 가지 위에 귀걸이를 걸었다
하늘에 대한 환상으로 꽉 찬
대지의 숨구멍들
고산의 두 호수가 자애로운 눈물로
이름 없는 두 눈을 흠뻑 적신다

큰 고라니가 걸어온다
또각또각 리드미컬한 발굽 소리가
심장의 맥박에 박자 맞춘다
머리는 신비로운 숲

콧구멍은 깊은 동굴
찡 울음소리 귓전에 끊이지 않는데
윗입술과 아랫입술의 거리 사이로
협곡을 뒤흔들며 호랑이가 뛰어들었다
수많은 복잡한 냄새들이 몸에서 녹아내려
딸기 향은 달고
노루 고기는 향기롭다
그때 대지가 깊은 곳에서 꿈을 꾼다
별빛 아래
황금빛 커우시엔을 멘
구름 같은 옷

부투어* 소녀

바로 그녀의 구릿빛 얼굴에서
나는 처음으로 그 땅의 피부색을 발견했다
처음으로 태양의 담황색 눈물과
계절풍이 남기고 간 이빨 자국을 발견했다
처음으로 나는 골짜기의 무한한 침묵을 발견했다

바로 그녀의 수수께끼 같은 눈동자 속에서
나는 처음으로 고원의 은은한 우렛소리를 들었다
처음으로 황혼이 가볍게 미는 문소리와
휘탕의 달콤한 탄식 소리를 들었다
처음으로 나는 두건의 물 같은 입맞춤 소리를 들
었다

바로 그녀의 고요한 이마 위로
나는 처음으로 멀리서 감겨 오는 폭풍우를 보았다
처음으로 바위 위에 만발한 꽃송이와
애인을 꿈꾸는 달빛을 보았다
처음으로 나는 사월의 수태한 강물을 보았다

바로 그녀의 자태가 사라진 곳에서
나는 처음으로 슬픔과 고독을 느꼈다
영원히 잊지 못하리
다량 산 어느 비 내리던 새벽녘
먼 곳으로 보내진 아이의 첫사랑

* 布拖: 다량 산 중심부에 위치한 한 지역의 이름. 그곳에 거주하
  는 이족인들을 아두(阿都) 혹은 샤오쿠쟈오(小褲脚)라고 한다.

지난날

아직도 기억난다
그날 비얼* 가는 길목에
어느 이족인이 입을 크게 벌리고
새하얀 이를 드러내며 나를 향해 웃던 모습

아직도 기억난다
구불구불한 오솔길이 끝나는 곳에서
그날 웃던 사람을 다시 만났지
다정하게 어디 가냐 물으며
품에서 독한 술 한 병을 꺼내
내 몸을 녹여주었네

아직도 기억난다
저 죽음처럼 고요한 황야에서
그는 나를 위해 노래를 불렀지
네가 어딜 가든
누군가가 너를 지켜보리라던
노래 가사

아직 기억난다, 아직도
그는
검은색 망토를 둘렀지
비틀거리는 몸뚱이가
술 취한 내 아비 같았어
자애와 선량으로 넘치는
움푹 팬 두 눈

* 比爾: 질러부터에 위치한 지명.

제사(題辭)
—— 나의 한족 보모에게

바로 그 여인, 어린 시절 나에게
누구보다 아름답던 젖어미, 그녀는
열여섯에 겁탈당해
단신으로 진사장(金沙江)을 건넜고
다두허(大渡河)를 넘었네, 구(舊)중국의 절반을
돌아다닌 여인
바로 그 여인, 수많은 재난을 겪으면서도, 단 한
번도
동정을 얻지 못한, 남편을 잃지 말았어야 할 나이
에 과부가 된
바로 그 여인, 훗날 재혼했지만
남편은 그녀보다 스무살이 어렸네
결국 그 남편을 위해 죽을 고생만 하던
바로 그 여인, 세월의 간난신고를 다 보낸
그녀는 매 순간 오로지 하나의 세계만을 꿈꿨네
선과 단꿀, 인간다움과 우애로 가득한 그곳
바로 그 여인의 품에서, 나는 어린 시절을 보냈고
그녀의 몸과 영혼으로부터

종족을 초월한, 인류의 숭고한 마음을 느꼈네
바로 그 여인이 나를 길렀고
세상의 모든 사람이 형제임을 가르쳤지
(비록 수천 년간 그 끔찍한 그림자가
내 몸에 깊은 상처를 냈지만)

세상을 떠나던 날 그녀는 야릇한 미소를 지었지
시간의 기억이 눈동자 속으로 무한히 멀어졌지만
모든 것이 영원했네
정녕 대지는 이 평범한 여인을 잃어
참된 전율과 비애를 배웠으니
그러나 다량 산, 음악 소리 없는 어느 황혼
이족 아이 하나가 그녀를 위해 울면
온 세상이 그 슬픔에 귀 기울이리

먼 산

질러부터의 가오창*을 들려주오
어머니, 언제쯤 당신 품으로 가게 될까
가오창 소리에 나를 태워
내 무거운 사지를 달콤하게 흔들어주오

네거리에 드러눕자, 빽빽한 붉은 신호를 뛰어넘어
경찰이 뭐라던
상관없어
나를 가로막는 유리 창문을 부숴버릴 거야
상관없어
붉게 굳은 꽃송이가 내 목마른 손을 열어줄 테니
지름길을 택하자
저 철근콘크리트의 고층건물을 머리로 받아버리고
혼잡한 인파 속으로 돌진하자
겁나지 않아,
싸늘한 눈빛들이 내 축축한 등 위로 떨어져도

벽돌담을 수도 없이 뛰어넘고

황야와 같은 바람을 달려
산으로 들어가는 마지막 버스를 잡아탈 거야
마비된 한쪽 다리가
녹슨 차 문에 끼었어도

마침내 나는 가볍게
발밑의 부드럽고 고요한 땅을 어루만지리
어머니의 품에서
어린아이처럼 벌거숭이가 되어
보고 싶다,
기와지붕 위로 황혼이 사뿐 내려앉을 때
아름다운 두 손 내밀어
내 이마를 쓸고 가는 모든 꿈들
그 이름 없는 옅은 슬픔들

* 高腔: 질러부터 지역의 민가. 그 소리가 매우 감동적이다.

이족이 꿈꾸는 얼굴
—세 가지 색에 대한 인상

(꿈에 나는 이런 색들을 보았네
내 눈엔 항상 눈물이 가득 담겨 있었네)

꿈에 나는 검은색을 보았네
높이 치켜든 검은 망토
조상의 영혼을 향해 걷는 검은 제기(祭器)들
지지 않는 별을 향해 오르는 검은 영웅들
그러나 나는 알고 있네
이 달콤하고 슬픈 종족이
언제부터 스스로를 누오수*라 불렀는지

꿈에 나는 붉은색을 보았네
소뿔 위로 팔랑이는 붉은 띠
감겨드는 노래처럼 흩날리는 붉은 치마
자유롭게 날갯짓하는 붉은 안장
꿈에 나는 붉은색을 보았네
그러나 나는 알고 있네
인류 혈액의 색깔이

언제부터 조상의 혈관 속을 흐르기 시작했는지

꿈에 나는 노란색을 보았네
먼 산에서 노래하는 황금빛 우산
요동치는 태양을 끌고 가는 노란 레이스
환한 날개를 반짝이는 노란 커우시엔
꿈에 나는 노란색을 보았네
그러나 나는 알고 있네
이 세상에 아름답고 밝은 색깔이
언제부터 고로한 나무그릇 위에 깃들었는지

(꿈에 나는 이런 색들을 보았네
내 눈엔 항상 눈물이 가득 담겨 있었네)

* 諾蘇: 이족어로 '검은 민족'이라는 뜻.

하얀 세상

나는 알고 있다
죽음의 꿈은
오로지 한 가지 색이라는 것
흰 소와 양
흰 집과 언덕
나는 안다,
정녕
환각 속에서는 쓴 메밀도
눈처럼 하얗다는 것을

비모가 말하기를
너의 조상은
그곳에서 행복하게 유랑하고 있단다
저세상에는
번뇌도 근심도 없고
음모와 음해는 더더욱 없으니
오직 영원으로 통하는
하얀 길만 있단다

오, 나를 용서해주오
이 슬픔의 세기에, 나는 환상이
현실의 아름다움을 초월한다고 생각했었지
하지만 오늘 나는 말하리라
사람아, 선하게 살아라
산다는 것은 쉽지 않은 것
내가 생명과 이 땅을 뜨겁게 사랑하는 것은
죽음이 두려워서가 아니니

밤

어디에서
사냥꾼이 세상을 떴을까
과부 하나가 나무로 짠 침대에 매달려
고양이처럼 차가운 숨을 쉰다

어디에서
그녀의 사지에 곰팡이가 피고
영혼 깊은 곳에서 냄새가 나기 시작했을까
젖은 두 손이
얼굴을 가렸다, 오직
꿈속에서나
저 반평생의 차가움에 입 맞추리

어디에서
반신의 남자가
얼어났다 다시 잠들고
잠들다 다시 일어났을까

어디에서
저 죽은 들판 위로
달이 떠올랐을까
밤이 가도록
고라니 한 마리
지나가지 않는데

어디에서
저 기와집으로
누군가
소리 없이
문 두드릴까

보이지 않는 파동

무언가가, 내가
태어나기 전부터
존재하고 있었다
공기처럼 햇빛처럼
무언가가, 혈관 속을 세차게 흐르고 있다
그러나 한마디로 말하기는
분명 어렵다
무언가가, 전부터
의식 가장 깊은 곳에 숨어 있었지만
더듬어 찾아보면 희미할 뿐이다
무언가가, 현실에는 없지만
나는 확신한다
독수리가 우리의 아버지라는 것
조상이 떠난 길이
하얀색이라는 것
무언가, 영원이 되었을지도 모를
시간이 조금씩 길어지면
종일 서로 의지하고 선 산들이 보이고

나의 두 눈도 젖어든다
무언가, 나더러 인정하라 한다
만물에 영혼이 있고, 인간이 죽으면
하늘과 땅 사이에서 안식한다는 것
무언가가, 영원히 사라지지 않을 것 같다
이족인으로서
세상에 살아 있는 한!

고향의 화장터

언제부턴가
내 눈동자가
하늘을 덮은 검은 판자 위에 박혀 있다
천년의 침묵과 사랑으로
인간의 땅을 굽어본다
(멀리
무겁게 내려앉은 안개 사이로
나는 너를 보았네
내 눈에서 흘러나오는 강물을)

이 땅에 마침내 사라진
오래된 바람 소리가 들려온다
인간의 혈액으로 흘러나와
신비한 바윗돌로 굳어져버린
한 줄기 오랜 노랫가락
나는 보았다 오래전 죽은 벗들이
땅 위로 소리 없이 모여드는 것을
그들은 서로의 그림자를 꼭 끌어안고

금속이 갈라지는 소리를 내고 있었다
나는 보았다 오래전에 죽은
벗들의 영혼이
자유로운 검은 고래 떼처럼
땅 위를 배회하는 것을
(멀리
무겁게 내려앉은 안개 사이로
나는 너를 보았네
내 눈에서 흘러나오는 강물을)

물론 언젠가는
내 영혼도
저 별빛 떨어지는 땅을 향해 날다가
한 마리 지친 새처럼
최후의 육지로 달음박질치겠지
그때가 되면
조상들의 머리에 내 머리를 기대고
가장 오래된 이족의 언어로

그리웠던 과거를 한껏 떠들 것이다
고개 들어
움푹 팬 눈으로
저 영원하고 아찔한 창공을 바라보며
형태 없는 입술로
선과 우정에 관해 털어놓으리라
만약 이 땅에
한마디 대답이 들리고
그것이 인간의 소리라면
우리는 그 즉시
영혼을 땅 위에 누이고 긴 잠 재우리니
(멀리
무겁게 내려앉은 안개 사이로
나는 너를 보았네
내 눈에서 흘러나오는 강물을)

태양

태양을 보면, 나는
그 광선 사이로
나를 깨운 선조를 찾아 떠나고 싶다
태양을 보면, 큰 목소리로
정녕 이 신비의 언어를
영혼에게 들려주고 싶다
태양을 보면, 설령
오해와 중상을 덮어쓰더라도
믿고 싶어진다
세상엔 선량한 사람이 더 많다고
태양을 보면, 저 아름다운
계절의 살갖 위로
보이지 않는 만조가 들뜬다
태양을 보면, 끝내 그리워진다
오래전
그 온기를 알았던
지금 이 세상에 없는
누군가가

왜냐하면……

맨발로
진흙땅을 푹푹 밟아보자
숨소리 죽여
온몸의 혈액을
우리에게 피를 준 그곳으로 흘려보내자
(바로 이 땅이
우리 자신의 땅이니까)

소리 내어
크게 한번 웃어보자
눈 속에 고인 물이
검은 옷을 흠뻑 적시도록
애절하게
바보처럼
한바탕 울어보자
(바로 이 땅이
우리 자신의 땅이니까)

삼색 나무 그릇으로
술 마시는 남자들
취해 떨어지면
더는 그
교만하고 낯선 발이
네 머리를 지나가지 않으리
커우시엔과 나뭇잎으로
말하는 여인들
피곤해지면
꿈의 씨실과 날실 위에 누워
깊은 잠에 빠지네
(바로 이 땅이
우리 자신의 땅이니까)

나는 갈망한다

나는 갈망한다
그러나 도시 서쪽의 공원으론
결코 가지 않을 것이다
왜냐하면 그곳에서
보는 하늘은 도시의 하늘과
다를 바 없으니까

(높은 담장처럼)

나는 갈망한다
그러나 도시 동쪽의 호숫가로는
결코 가지 않을 것이다
왜냐하면 그곳에서
보이는 새는 도시의 새들과
다르지 않으니까

(꿈에서도 보지 못할 비상이여)

나는 갈망한다
그러나 인파가 뱅글뱅글 돌고
고층건물 경사지는 저
십자로에는
결코 가지 않을 것이다
그러므로 나는
빽빽한 인해(人海) 바깥에서
키 작은 하늘을 보며
자유로운 영혼의 노래에 귀 기울일 뿐

나는 타들어가는 꿈을 보았다
내민 혀끝 위로 팔딱이는 불씨
한 그루 해바라기를
       언덕 위에 드러누운
어느 이족의 아이
그 옆에 잠자는 새끼 양을
까만 눈을 반짝 뜨고
공중제비 도는 독수리를 한참이나 바라보던 그

비상하는 독수리를 넋 놓고 바라보던 그
그의 머리 위로
신비한 바다처럼 고요하게
한없이 펼쳐진 하늘
부드럽고 따사로운 산들바람이
수놓은 그의 옷을 가볍게 흔들었다

(이것이 내 어린 시절이란 말인가?
모든 것이 저 기와집에서
이리도 멀다니)

나는 갈망한다
위애친* 소리 없는 거리에서도
커우시엔 소리 나지 않는 타향에서도
자유롭게 비상하는 독수리를
볼 수 있기를
그러나 나는
모든 선량한 이들을 위해 노래할

나의 사명을 굳게 믿는다

(나는 노래한다
왜냐하면 내가 갈망하기 때문에)

* 月琴: 비파와 비슷한 현악기.

영혼의 주소

여기
기와집 한 칸
문이 열려 있다
그러나 한번도
거기서 나오는 사람을
본 적이 없다

여기
기와집 한 칸
파릇한 풀이
그리로 뻗은 오솔길을 덮고 있다
그러나 그의 비밀을
누구도 말해주지 않는다

여기
기와집 한 칸
깊은 산속
세상사의 비애를 뒤로하고

고독으로 충만한

부투어의 소녀에게

너의 가는 목은
아샤차모냐오*보다 더
아름답구나
너의 눈동자는 호수에 비친 별빛
이마의 금줄이
달콤한 기억을 늘어뜨렸네
목에 두른 은빛 테는
그물로 짠 아찔한 낭떠러지
황혼이 물러갈 때
신비롭게 펄럭이는 너의 치맛단이
오시는 밤을 위해 물결을 정성껏 펼쳐놓았지
너의 매끄러운 피부는
솔잎 수북이 깔린 골짜기를 지나
어미 양의 배를 스치고 사라지는 초여름의 산들바람

꿈처럼 맴도는 너의 숨소리
후 하고 콧김을 불면 만물이
금빛 이슬방울 속에 흔들리고

웃음소리가
종다리처럼 하늘에서 팔랑거리네
그렇구나
너의 춤추는 스텝 속에
모든 충돌하는 산맥과
모든 들썩이는 소뿔이
무르익은 가을의 전조가 되는구나

* 阿呷査莫鳥: 다량 산에 사는 목이 길고 아름다운 새.

무제

어쩌면 전부터 알았는지 몰라
여기에서 시작되어
끝없이 되풀이되는 이야기를
어쩌면 절대로 알 수 없을지 몰라
모든 삶의 시작은
죽음의 결말이라는 것
우리가 운명의 물굽이에서 출발한 그날부터
절대로 벗어날 수 없었던
저 신비로운 유혹
오, 사라진 것은 모조리 사라지고
남은 것은 오로지 찰나 속의 나
그러나 아무도 알려주지 않는다
생명과 시간 바깥에서
나를 초조하게 만드는 이가 대체 누구인지?

이족

누군가가 너의 등 뒤에서
익숙한 배경을 찾으려 한다
벌거벗은 산, 울퉁불퉁 난 길
누군가가 너의 등 뒤에서
무거운 화해를 구하려 한다
멀리 보이는 양 떼, 낮게 걸린 구름
그러나 나는 알지
구르는 차바퀴 소리에
빈혈의 햇빛을 빨아들이다 그만
한번도 겪지 못한 혼란 속으로
네가 곤두박질치리라는 것

염소
— 움베르토 사바*에게 바치다

선생님, 저의 염소를 찾아주세요

고독하고 절망에 빠진

사바라는 이름의 염소를

선생님, 그에겐 어떤 표시도 없고

오직

수심에 찬 얼굴뿐이에요

고향 땅 들판이 그립고

목동의 순박한 노래가 그립다던

선생님, 그 염소를 찾아주세요

한때 이탈리아 땅을 유랑하던

그의 영혼엔 보이지 않는 상처가 있답니다

* Umberto Saba(1883~1957): 이탈리아 시인. 『염소』라는 시집
  이 매우 유명하다.

이방인

너의 눈빛은
알 수 없는 기원으로 가득하구나
너는 누구냐
검은 옷을 입고
나보나 광장*에서
나를 향해 다가오던 너는

그 짧고
평범한 일별이
우리의 마음에
파랑을 일으켰을 리 없지

한차례
빛에 노출된 사진처럼
내 기억에서
너의 모습은 지워지고 말았어

너는 누구냐, 어디로 갔느냐

그런 건 아무래도 좋지
중요한 건
세상 사는 고통은
누구에게나 같다는 것

* Piazza Navona: 로마에 있는 광장. 고대 로마시대에 전차경기
  장으로 쓰였기 때문에 좁고 길게 뻗은 형태로 되어 있다.

살바토레 콰시모도*의 적에게

너희가 그를 증오하는 이유는
단지 그가
어둠의 한복판에서 자유를 노래하고
삶과 미래에 대한 믿음을 잃지 않아서였다
단지 그가
눈물을 끓이는 시를 쓰고
그 시를
조국과 인민에게 바쳤기 때문이다
너희가 그를 증오하는 이유를
내가 말하지 않아도 너희는 알지
끝도 없는 이유들을
그러나 파시스트가 날뛸 때
너희는 미동도 하지 않았다

* Salvatore Quasimodo(1901~1968): 이탈리아의 시인. 1959년
  노벨문학상 수상.

편지

내가 갈망하는 것을
예전에 당신도 갈망했지요
나는 저 광활한 하늘에
순식간에 떨어진 빛처럼 미미한
부호일 뿐입니다

나는 우연 중에 발견한
우연일 뿐입니다
웃음과 눈물을
허무의 모래 위에
깔아놓은
환상 속의 강물일 뿐입니다

예전에 나는 지구가 거대하다 생각했지만
그것은 착각이었지요
시간의 바다여,
내게 말해줄 수 있나요
죽은 자의 그림자가 어디쯤 와 있는지?

가을날

당신은 베니스에 있었지
당신이 오지 않던 날
그리고 올 수 없던 날
당신은 창문마다 햇살이 쏟아지는
어느 이국땅에 있었지
바다로 향하는 썰물처럼 낙담이
낮은 신음을 밀어내고 있었네
당신은 낯선 땅에 있었지
내 꿈 혼자 터덜터덜
그리움을 붙여 기운 골목길을 쏘다녔네
당신은 베니스에 있었지
깊고 평온한 가을날
나는 그렇고 그런 열병을 앓았던 거야

그리스도와 총독

당신은
그의 다른 두 손을
묶을 수 있소?
그는 형태가 있지만
없고
하나이면서
또 수천수만인걸

당신은
자유롭게 날아가는
그의 영혼을
잡을 수 있소?
햇빛처럼
또 공기처럼
그는 꿈과 전설보다도
더 신기한 존재라오
하지만 총독이여,
내 말하리다

인류의 양심이
죽지 않는 한
폭력에 대한 단죄도
멈추지 않을 것이오

사자산의 선사
—— 불승 건문황제*에게 바치다

지난날의 군주가

눈을 지그시 감고

어둠 속에 가부좌를 틀고 앉았다

담황색 불빛과

선사(禪寺)의 텅 빈 공기 속에

그의 가사(袈裟)는 환상처럼 신비롭다

어쩌다 눈을 뜨자

마침 비틀거리며

끝없이 경사진 문턱을 오르던

늙은 중이 보였다

그 노승은 수년간 그를 따라 유랑했던

감찰어사 엽희현(葉希賢)이었다

아, 저들도 이제 이렇게 늙어

어렴풋한 기억을 살아가고 있구나

그가 어둠 저편으로 넘어가는 찰나

군왕의 눈가엔 한 줄기 웃음이 스쳤다

그때 그는 생각했다, 권력과 지존의 지위가

시간과 죽음 앞에 이토록 무력한 것을

오랜 시간이 지났지만 그는 아무것도 믿지 않았다
유수처럼 흘러가는
청춘의 그림자를 이미 본 그였으니

* 建文皇帝: 명 태조 주원장의 손자로 주원장 사후 재위에 올랐
  으나, 숙부 주체(朱棣)의 찬탈로 4년 만에 쫓겨나 종적을 감추
  었다. 그의 행방에 대해 여러 설이 있는데, 그중 하나가 윈난
  성의 스 산(獅山)으로 들어가 중이 되었다는 것이다.

집시

어제
들판에서 너는
자유롭게 노래 불렀지

너의 말[馬]은
경쾌하게, 뛰어놀았어
영채 나는 두 눈동자가
착하게 빛났네

오늘 너는
도시 한복판에 서 있구나
희망도 없이 외롭게

너의 말은
피로에 지친 네 발굽을 내딛는다
문명의 그늘이
벌써 그를
철저하게 덮었으니

가을의 눈

가을의 눈을 본 사람이 있을까

미지의 신비를 담은 투명한 눈

시간이 잠에 빠지면

눈빛 닿지 않는 곳에

나는 새의 그림자가, 휙 하고

영원의 고요를 스치고 간다

가을의 눈은 순수

현실 위로 떠가는 빛의 물결

오직 꿈의 조각배만

그 끝없는 기슭을 향해 조용히 저어 가네

가을의 눈은 생기

한 가닥 취기가 울타리를 타고 넘어도

낙엽은 숨죽여

이 세계의 종말에 홀로 귀 기울인다

가을의 눈은 모종의 암시

기도하는 이들에게

사랑으로 아름다운 모든 생명을 믿으라 한다

고통에 바치는 송가

고통이여, 한때 당신을 찾았지만
어디에 있는지 몰랐었네
길이란 길을 죄다 다녔지만
당신의 얼굴은 너무나 흐릿했지
고통이여, 드디어 당신을 찾아, 내
따스한 팔을 뻗어 품안에 끌어안았네
고통이여, 숭고한 이여, 당신을
어루만진 후
내 몸은 전류에 덴 듯 떨었다오
고통이여, 당신을 찾았으니
상관치 않으리
내 머리에 떨어질 것이 꽃이든 가시나무든
고통이여, 내가 당신을 원함은
바로 나의 선택

환영사

우연인지
아니면 조물주의 조화인지?
그런 건 중요하지 않단다
이 세상에 온 너에게
인류의 기쁨과
고난을 말하고 싶지는 않구나
하지만 네게 보내는 나의 축복만큼은 진심이란다

이름이 떠오르지 않아도
네가 이 세상 최고의
미의 화신임을 나는 알지
원한다면
이 시구를 너에게 주마
── 아가야, 사람을 뜨겁게 사랑하거라!

술 생각

술에는
유구한 역사가 있다
술에는
늙어간 산촌이 있다
술에는
오래전 소식이 끊어진 친구가 있다
술에는
한동안 들춰보지 않은 헌책이 있다
술을 마시면
흘러간 노래를 들을 때처럼
나도 모르게 눈물이 흘러나온다
술을 마시면
그 옛날 함께 보낸 희로애락이
비오는 골목길을 찾아오는 시간만큼
단박에 기억의 문턱을 넘어온다

티베트의 개

티베트에서 여러 마리의 개들을 보았다
희귀종, 잡종, 주인 있는 놈
갈 곳 없는 놈
개는 티베트 어디에나 있다
혼자 다니는 놈, 떼로 다니는 놈
사원 문전에서 햇볕 쪼이는 놈
그러나 가장 감동적인 것은
역시 시주로 먹고사는 놈이다
더럽고 깡마르고 노쇠하고
심지어 다리가 셋뿐인 놈도 있다
바닥에 쭉 뻗어 죽을 날만 기다리는 놈
그러나 개는 인류의 가장 친밀한 동물
단언컨대, 세상에서
티베트를 택한 것은 너희의 복
이곳의 선량하고 위대한 종족이
너희의 기쁨을 기르는 동시에
고난까지 짊어지고 있으니

팔(八)거리

하나의 방향을 따라
행진하는 사람들이 그러하듯 우리는 걸었다
내 기억으로 우리는
일순 시간을 잊고
언어를 잊고, 소리를 잊었다
맹세컨대, 그때 나는
돌과 구리 외에
다른 어떤 것도 보지 못했다

마지막 술꾼

조그마한 탁자 위로
사자의 손톱을 뻗어, 너는
세상에서 제일 달콤한 서정시를 쓰고 있었지
너의 방탕한 웃음소리에
갈피 못 잡는 내 마음

너의 혈액엔 충돌이 핏발 서 있구나
추장의 아들이라 그런가
머리카락엔 양가죽 냄새가 코를 찔렀지
너는 타고난 정신병자
스러지는 초원의 그림자에
목이 찢어져라 슬프게 울어대는 너

암초의 최후
— 아이칭* 선생을 보내며

암초는
침몰할 때
침착하게
한때 바다에 보냈던 미소를
머금었다

암초가
사라지던
그 시각은
바로 그가 노래하던
보드라운 여명

암초는
상징이자
생명의 기호
폭풍이 남기고 간
무수한
슬픈 상처

암초는
영원히 죽지 않으리
그의 자유로운 호흡이
거친 파도로 솟구칠 때
인류의 꿈에서 날아온
한 마리 새가
갈라진 목구멍으로 노래 부르리!

* 艾靑(1910~1996): 중국의 대표적인 현대시인. 저장 성(浙江省)
  진화(金華)인. 『다옌허(大堰河)』 『북방(北方)』 『광야(曠野)』 『횃
  불(火把)』 『여명의 소식(黎明的通知)』 등의 시집을 냈다.

만리장성

너더러 계시란다
시간을 초월한다며
너더러 상징이란다
달에서도 볼 수 있다며
너더러 민족의 기호란다
꿈이란다
중국인의 마음에
너는 생명보다 더 중요하다며!

세상의 끝

번잡한 부두를 떠나자마자
다시 낯선 정거장에 도착했다
일생 이토록 시간을 찾아다니는 것은
어쩌면 여정이 무수히 중복되기 때문 아닐까
사실 인류에겐 애당초 종점이란 없는지 몰라
나는 유목민족의 아들
모든 사랑과 죽음은
여정이 낳은 과정일 뿐

사슴의 변신

옛날에 사슴 한 마리가 사냥꾼에 쫓겨 벼랑 끝에
다다랐습니다. 사냥꾼이 활을 겨누자 돌연 사슴이 돌
아서더니 아름다운 소녀로 변했지요. 결국 사냥꾼과
소녀는 결혼하여 행복하게 살았답니다

이는 하나의 계시
세상에 대한, 모든 종족에 대한

이는 아름다운 이야기
이런 일이 아프리카에, 보스니아-헤르체고비나에,
체첸에 일어나기를
이스라엘에, 팔레스타인에, 그 모든 음모와 학살의
땅에 일어나기를

인류가 절망의 극한에 다다르기 전에
생명과 사랑의 기적이 일어나기를

토담

이스라엘의 돌이 유태인을 감동시킬 줄이야

멀리
햇빛 받으며 토담이 잠들어 있다

어찌된 일인지
내 의식 깊은 곳에
환상처럼 떠오르는 것은
이족의 토담

전부터 그 비밀을
풀고 싶었지
저 토담을 볼 때마다
나도 모르게 슬픔 저미는 이유를

사실 토담은 토담일 뿐인데

원주민에 바치는 노래
—유엔 세계원주민의 해에 쓰다

당신에게 바치는 노래는
대지에 보내는 노래
대지 위의 강물과
저 무수한 인류의 정착지에 보내는 노래

당신을 아는 것은
생명을 아는 것이자
생식과 번창의 이유를 깨닫는 것
얼마나 많은 이름 없는 종족들이
이 땅을 살다 갔던가

당신에게 보내는 연민은
우리 자신에 대한 연민이며
우리 공통의 고통과 슬픔을 위한 연민
누군가 보았겠지, 말 달리다
마침내 문명의 도시 속으로 사라진 우리의 모습을

당신을 어루만지면

인류의 양심과
선악을 재는 저울이 느껴진다
수세기 동안, 역사는 보여주었지
세상에서 가장 잔혹했던 원주민의 수난사를

당신에게 보내는 축복은
옥수수에 메밀에 감자에
이 세상에서 가장 오래된 양식에 보내는 축복
당신을 위해, 어머니가 주신 생명과 꿈을
주저 없이 바치리라, 평화와 자유와 정의를 위해

오키프의 정원

― 이십세기 가장 위대한 미국 여류 화가에게

속세로부터 그토록 아득한
어쩌면 세상에서 가장 적막한 정원
황무지의 저지대로 불어온 바람이 이렇게 속삭입
니다
단 한 사람만이 당신을 기다리고 있다고

신에 가장 근접한 고원이 아니었던들
그날 저 순결한 세상을
초연히 지나가는 오색의 퉁소 소리를
듣지 못했을 터

당신의 손은 신비의 언어
소뼈와 돌로 검은 문을 장식합니다
당신이 세상을 떠나던 날
흰 독말풀의 탄식 소리 그리도 침통할 줄이야

오키프*여, 꿈의 화신이여
지고무상(至高無上)의 허무와 신비여

196

현실의 존재는 한번도
여인의 생명 전부를 증명하지 못했답니다!

* Georgia O'keeffe(1887~1986) : 미국의 여류 화가.

이십세기를 돌아보며
── 넬슨 만델라에게

시간의 기슭에 서서
정신의 고지에 올라
이십세기를 돌아본다
눈물은 나지 않았다
낯설어진 환희와 고통 앞에
마치 다른 공간에서
그곳 인류의 기이한 역사를 보는 듯

지난 백 년간
전쟁과 평화가 떠나지 않았고
폭력에 대한 성토가 끊이지 않았다
누군가는 자유를 노래했고
누군가는 민주에 몸 바쳤지만
인류가 겪은 대부분은 역시 전제와 박해였다
사실 지난 백 년간
수없는 위대한 환상이 태어났지만
재난 또한 꼬리를 물고 이어졌다
지난 백 년간

수많은 종족의 인류들이 다시 한 번 문명을 정상으
로 끌어올렸고
한때 지구 어느 한구석에서 우리는
소리 없이 감격의 눈물을 흘렸었다
이십세기여
일부의 사람들이 평화를 환호하던 때
또 다른 일부의 눈에는 원한의 그늘이 깔렸다
흑인이 대로에서 인권을 요구할 때
그들의 집에 폭력과 학살이 들이닥쳤다
우리는 카를 마르크스를 알고
니체를 보았으며
아인슈타인이 어떻게 상대성이론을 제출하고
또 마침내 어떻게 기독교 신자가 되었는지를 목도
했다
수많은 거인들의 사상이 허무로 변하고
이름 없는 담론이 진리가 되는 것을
아돌프 히틀러의 파시즘이 퍼졌지만
성인 간디의 비폭력주의가 휘날렸고

일부의 나라에 사회주의가 승리했을 때
국제노동운동이 썰물처럼 빠지고 있었다
프로이트의 범성애론이 탄생할 때
너는 호메이니*와 이슬람 혁명을 추앙했다
마틴 루터 킹의 문명을 전 세계에 드높이기 위해
누군가의 총격에 숨지게 했다
아프리카에 인육을 먹는 독재자 보카사**를 낳았고
또한 그곳에서 인류의 총아 넬슨 만델라를 키웠다
하룻밤 새 베를린 장벽을 무너뜨렸고
체첸과 러시아를 원수지간으로 만들었다
아랍과 유대가 진정으로 화해하기도 전에
코소보에 새로운 위기와 충돌을 격발했다
극도의 욕망에 탐닉한 후 인류는
마침내 에이즈의 고통을 짊어져야 했다
유전자 공학의 장점을 보았지만
인류의 정신은 기계문명의 수렁에서 헤어나지 못
했다
정보시대의 기술이

라틴아메리카 구석진 부락까지 전파되어

전화(戰火) 없는 곳에서 하나의 문화가

또 다른 문화를 소멸시켰다

오랫동안 갈구하던 겨울눈이 유럽 땅에 내릴 때

콜롬비아엔 폭우가 쏟아졌고

어느 인디언 촌장이 산사태에 휩쓸려 갔다

우리는 달나라에서 아름다운 지구를 내려다보며

모든 종족이 하나의 형제라 믿어 의심치 않았지만

종교는 인류를 뿔뿔이 갈라

발칸과 예루살렘에서 살육을 벌였다

필요한 기관(器官)에 과학기술을 이식한 대가로

핵무기의 공포를 감수해야 했다

뉴욕인의 관심사가 주가의 등락일 때

아프리카의 기아와 전염병은 시시각각 인류를 위
협해왔다

그렇다, 이십세기여

너를 돌아보고 나서야

나는 너의 신비를 깨달았다

너는 필연이자, 운명이며
과거의 증명이자
또한 미래의 예시이니
신이 무심코 떨어뜨린
날카로운 양날의 칼이었다

* Ayatollah Ruhollah Khomeini(1900~1989): 이란의 이슬람교
  시아파 지도자.
** Jean-Bédel Bokassa(1921~1996): 아프리카의 독재자.

청춘 예찬
—시난민주대학*에 바치는 헌시

먼 곳에서 시간을 바라보자
짙은 안개 속 새벽별처럼 그녀가
어슴푸레 빛살을 뻗었다
먼 곳의 사물은 잊혀진 지 오래건만
현실은 말한다,
그녀가 지척에 있다고, 모든 것이 순간이라고
기억이 빈 골짜기처럼 퇴색했다
누군가의 음성이, 다시
도서관 앞에서 내 이름을 부르고 있다
이것은 시인의 성경
아흐마토바**의 예언 속 긴 겨울날
나는 희망을 기다리던 때가 있었다
녹음 뒤덮인 그 오솔길엔
고독한 이끼가 수북이 자라났을까
그때 시는 시대의 양심이었다
고로 나는 큰 소리로 세상에 외쳤다
"나는 이족이다"

운명은 나로 하여 자유를 선택케 했고
왜 생명과 권리를 지켜야 하는지 가르쳤다
내 시가 인민의 기억인 것은
어느 종족의 아득한 비애 때문이다
모든 바위들이 잠들었을 때
나는 수원(水源)을 끌어와 마셨다
우리 종족 검은 혼령의 젖을
그 순간부터 나의 생명은
불멸과 신비에 바쳐졌다
시간을 따라 길 떠나는 동안
탁탁 말발굽 소리가
얼마나 많은 역을 지나왔는지 모른다
피로가 몰려들 때면, 꿈이 다가와 속삭인다
청춘을 자꾸 떠올려봐
그 찬란한 아름다움만이
사라진 모든 것을 영원하게 할 테니!

* 西南民族大學: 시인 지디마자의 모교.
** Anna Akhmatova(1889~1996): 러시아의 여류 시인.

대지에 감사를

태어나는 방법은
오직 한 가지지만
죽음의 문을 두드리는 방식은
천차만별이다
땅을 이야기할 때
어느 종족이든
자신의 영혼 속에서
부모의 그림자를 찾는다
대지가 부여한 것은 생명
인류의 자손은
그녀의 영원의 요람에서 번성해왔다
대지가 내려준 것은 언어
우리의 시는
오래고도 젊은 세계로 퍼져 나갔다
대지의 품에 기대어
빛나는 별하늘을 올려다볼 때
한 줄기 상념이
가을 하늘의 바람을 따라

멀리멀리 날아올랐다
대지여, 어쩐 일이냐
종종 이런 시간에
내 마음은 전에 없던 불안으로 가득하다
사람의 생명은 대자연으로부터 받아온 것인데
우리의 봉헌은 미미하기 짝이 없구나
썰물 지나간 알칼리성 땅 위에
겨울 대추나무가 우뚝 자랐다
척박한 토양에도 아랑곳없이
열매의 무게가 가지를 부러뜨렸다
이것은 길러준 대지에 대한 보은
인류여, 우리도 그의 곁을 떠날 때
두 손 들어 깊은 경의를 표하자

누나와 고모들에게

그 수줍은 표정과
목에 두른 은테 목걸이가 나는 좋았습니다
검은 조끼와
양모로 짠 붉은 치마
그리도 신중한 자태
순결로 충만한 두 눈
미소 지을 땐
구릿빛 긴 손가락으로
하얀 이와 향기로운 입술을 가렸지요
내 고향 질러부터엔
얼마나 많은 선망의 눈빛들이
그 꿈같은 자태를 따라다녔던가요
그 고귀한 풍모와 기품은
우리 오랜 문명의 정화
위대한 민족의 광채를 응결한
그 비상한 아름다움이여!

자유

예전에 진짜 현자를 찾아가
진정한 자유가 무어냐고 물었네
현자의 대답은 경전에 의거했고
나는 그것이 자유의 전부라 믿었네

어느 저녁
나라티(那拉提) 초원에서
목적지도 없이 한가로이 거니는
말 한 마리를 보았네
술 취한
카자크인 기수가
말 등에 앉아 졸고 있었어

그래, 현자의 해석에도 자유의 의미가 담겨 있겠지
하지만 나라티 초원의
저 말과 기수 중
누가 더 자유로울까?

1987년에 보내다

사제(司祭)가 말하기를
저 하얀 거위가 바로
죽은 내 아버지라 했다
고향 질러부터 연못가에 서식하는
저 고귀한 자태, 순수한 눈동자가
한눈에 나를 감동시켰다
그는 영원의 고요로부터 날아올라
오래된 기억에 잠 깨었다
밥 짓는 연기가 피어오를 때 꿈처럼
언덕 위로 날아간 형체여
저 비할 데 없는 아름다움이
화살촉처럼 순식간에
우리 민족의 썩지 않는 문을 뚫고 갔다
진작부터 나는 알고 있었다, 다량 산에서
생명이 사라지던 순간
그가 또 다른 형태로 살아났음을!

절망과 희망 사이
—— 이스라엘 시인 예후다 아미하이*에게

예루살렘 성서
마지막 장에 무슨 말이 씌어 있는지
나는 모르지
그러나 베들레헴에서 출발한 통근 버스가
어느 카페를 지나
폭발한 것 그리고
한차례 절망 후의 희망이
한순간 물거품으로 변한 것은 알고 있지

삶과 죽음의 저울을
슬픔으로 가늠할 수 있는지
나는 모르지
예루살렘의 땅 한 뼘 한 뼘이
모두 일상이 되어가니까
그러나 단 한 번도 나는
폭력에 대한 비판과
평화를 향한 갈망을
멈추지 않았다

총알이 영원히
어제의 시간에 머물 줄 알았더니
벽 하나를 두고, 바로 오늘
선홍빛 혈흔이
아이들의 비명을 적셨다
하여, 나는 다시는 지고무상의 창조력을 믿지 않
는다
폭력의 윤회가
천 갈래 희망을
다시 한 가닥 절망으로 바꿔놓을 것이므로

이 도시의 역사는
숙명처럼
탄생하던 날부터
배반과 증오가 인간을 따라다녔다
이곳의 돌을 쓰다듬자
인류의 눈물이 만져졌다
(여기서 돌에 귀를 대면

울음소리가 들린다)
예루살렘의 성서
마지막 장에 무엇이 씌어 있는지
나는 모르지
그러나 희망과 절망 사이
예루살렘 이 고도에는
오로지 하나의 선택이 있으니
── 바로 평화!

* Yehuda Amichai(1924~2000): 이스라엘의 시인.

듣자 하니……

듣자 하니
남미 안데스 산의 밀림에서
잠자리 날개가 한번 전율하면
태평양 상공에
폭풍우가 일어난다고 한다
내 고향 다량 산 질러부터에
면양 한 마리가 죽으면
동아프리카 초원의 치타가 잠에서 깰까
한번도 그런 기적의 순간을
본 적 없어도
나는 믿는다, 이 세계의 만물에는
어떤 신비한 관계가 숨어 있다고
예전에 내가 어느 사라진 언어를
추도했던 것은
그것이 어떤 종족의 기억이자
인류가 창조한 기호였기 때문이다
마천루 가장 높은 곳에 선 오늘
인디언의 부락은 좀처럼 보이지 않는다

서사시가 태어나고 자라던 작은 방은
떠돌이의 꿈속에서나 출현한다
땅과 집을 잃은 사람들을 위해
내가 슬픔과 불행을 느끼는 것은
철근과 콘크리트의 낯선 세계 앞에 선
그들에게
잔혹한 선택만이 남겨졌기 때문이다

망각!

나는 이 도시*를 사랑한다

도시의 오후
햇빛이 가장 아름다운 때
비둘기 떼의 그림자가
고층건물과 나무로 둘러싸인 사위를 지나간다
사라져가는
안개와 푸른 연기가
조각난 수정처럼
먼 산들 틈에서 반짝인다
이 도시의 끝없는 매력은, 어쩌면
불규칙한 기복에 있는 것이냐
그 아름다움은 신비로운 우언 같구나

나는 이 도시를 사랑한다
매번 그를 볼 때마다
놀라움과 소외가
친밀함을 훌쩍 앞서기 때문이다
끓어오르는 격정을 영영 묻고는
젊음과 야성으로 넘쳐나는

여인처럼
매번 밤빛이
거러 산(歌樂山) 등성이 아래로 떨어지면
산성(山城) 집집마다 등불이 꺼지고 연주가 시작
된다
시공을 가르는 교향악
별처럼 반짝이는 음표들이
황금빛 함대로 모여들어
명실상부한 동방의 산성을
넘실거리는 파랑으로 짜내면
세상에서 가장 신비로운 빛의 바다가 탄생한다

왜일까
항상 이맘때면
육십여 년 전
이 도시가 겪었던
비참하기 그지없는 대폭발이 떠오르는 것은
이 등불 중에

다른 세계에서 우리를 굽어보는
죽은 자의 눈빛이 있는지도 모른다
슬픔과 분노로
부들부들 떨던 노인
질식한 채 피 흘리는 열 손가락으로
방공호 벽 틈을 파헤치던 여인
입을 벌린 채, 죽은 후에도
아이를 꼭 끌어안고 있던 어머니
나는 안다, 오만여의 생명
그들의 분노가
영원한 절규가 되었음을

그렇다, 내가 이 도시를 사랑하는 데는
특별한 이유가 있다
이 위대한 도시가
그 후덕한 인민들처럼
두 눈을 미래로 향하고
복수를 복제하지 않기 때문이다

이곳에서, 시간, 죽음 그리고 생명이

주조한 모든 생활이

일체를 포용할

역사의 무거운 기억으로

변했기 때문이다!

어쩌면

이 도시는 전쟁에 대한 반성이자

평화를 향한 갈망이며

이 세계에 대한

오늘날 중국의 대답이다!

* 충칭(重慶)을 일컫는다. 제2차 세계대전 중 일본군이 충칭에 자
  행한 대폭격으로 시민들 상당수가 죽거나 다쳤다.

생명의 경외
—— 티베트 영양에게

너희에게
미안하구나
어느 총이
너희를 쏘았는지
몰라도
나는 정말로
모른단다
어느 총알이
검은 총신을 통과하여
네 동포를 죽였는지

너희에게
미안하구나
칭장 고원*의
진정한 주인은
바로 이 영토
지고무상의 영혼
너희의 존재가 있기에

생명의 인내력은
극한을 넘고
속도는
기적이 되었나니
너희들은 설산(雪山)의
영원한 그림자
평원의
검은 밤을 밝히는 백은(白銀)
너희의 모든 움직임은
태양의 부락에서
생사를 윤회하는 가족이 무릅쓰는
모험
너희는 자유와 용기의
영원한 상징

오, 너희에게 미안하구나
나는 얼마나
비굴한 겁쟁이였던가

비록
내 몸이
너희들의 핏자국에
물들지 않았어도
너희를 향한 어떠한
음모에
가담하지 않았어도
사실의 진상이
마침내
세상 위로 떠오른 지금
나는 자신을 위해
인간으로서
수치를 느낀다
우리는 이미
알고 있다
이 대학살의
창조자가
바로

만물의 영장
인간임을!

나를 용서해다오
우리를 용서해다오
오늘 너희에게 사죄하노니
우리는
다른 이름을 빌릴 수도
이 지구상에서
인류가 아닌
다른 생명체를
대표할 수도 없다
그들은 너희에게
모두 무죄이니까
너희에게 용서를 비는 것은
도덕과 양심의
심판을 구하는 것
우리에겐 다른 선택이 없다

오로지
인간으로서 너희들과
이 땅 위에
함께 살 수 있도록
용서와 허락을 구할 뿐

너희에게 사죄한다
우리에겐 오직
하나의 이름뿐이니
바로 인간
혹은 인류라는 이름!

* 靑藏高原: 칭하이와 티베트 사이를 잇는 고원.

세상의 강물에게

한때 나는
너를 찬양했노라
땅과 생명을 찬양하듯
이 세상
얼마나 많은 시인과 현자들이
자신의 언어로 너를 찬송했던가
너는 또한
얼마나 많은 시를 거쳐
인류의 경전이 되었던가
너를 어머니에 비유한 것은
내가 처음이 아니다
너의 젖은 천년만년
광활한 대지와
그 위로 자라는 인간을 살찌워왔다
그렇다
너는 최초의 신화를 창조했고
무형의 손으로
황금빛 강기슭에 씨 뿌리고 땅을 일구었다

그렇다, 인류의 모든 문명은

강물의 양육으로

무한의 생기를 얻었다

우리가 강물을 경외하는 것은, 그것이 상징이기 때

문이다

그 숭고한 서사시는

진정 인류 역사의 진보와 고난의 저장고이니

우리가 문명에 보내는 경외는

바로 저 위대한 강물에 보내는 경외

그는 우리에게 지혜를 주었고

서로 다른 종족의 언어와 문화를 전수했으며

각양각색의 생활과 신앙을 주었다

그렇다, 강물이여! 잠자는 소녀 같은

아름다움이

몽환의 들판을 지나

시와 사랑을 우리에게 주었지

믿어다오, 여러 민족의 마음속에

너는 정의와 자유의 화신

인류의 양심과 눈물
약자에게 도움을, 피억압자에게 동정을 주고
성수로 영혼을 씻기며
불행한 이들에게
믿음과 용기를 주었네
그렇다, 인류는 네게 깊은 상처를 남겼다
바닥이 드러난 기슭과
오염된 너의 몸뚱이를 바라보며
우리의 참회엔 비통이 흘러넘친다
믿어다오, 강물이여! 맹세하노니
너의 노래와 광채를 지키기 위해
기꺼이 목숨 바치리라
강물이여, 인류 영원의 어머니여
다시 한 번 너의 품으로 돌아가
너의 존엄과 이름을 외쳐 부르리라!

추억의 협궤열차
—— 먼 길 떠나는 열차에게

그것은

말 그대로 협궤열차

덜컹덜컹 출발할라치면

기관사가 창밖으로 얼굴을 빼꼼 내민다

그의 함박웃음은

보는 사람들을

진귀한 행복으로 가득 채웠다

협궤열차가 많고 많은

이름 있고 이름 없는

역들에 정차하면

모여든 사람들은

촌락을 떠나

난생처음 읍내라는 곳으로 갈 수 있었다

복작거리는 열차 칸엔

사람만 있는 게 아니다 아마 포대에 싸인 젖먹이 돼지가

콩콩 낮게 옹알거리고

대광주리 안의 수탉들은

228

희망찬 새벽이 밝은 줄 알고
여기저기서 목을 빼고 울어젖혔다
꽃수로 단장한 여인네들도 있다
삼삼오오 모여 앉아
입을 가리고 소곤소곤
태고부터 어둔 구석에 쪼그리고 앉아 있던
노인네들이 물담배를 빨고 있다
자욱한 연기 속으로
들려오는 말소리
그건 말 그대로 협궤열차라구
허지만, 그렇다 치고, 그게 참, 그런데 말이야
이제 다 지난
옛날 얘기 아닌감

그건 말 그대로 협궤열차라구
전설 속 이야기나
꿈속의 강물 같은 것이지
하지만 이 모든 게—

우리 추억이니까 말이야
얼마나 아늑한가 말이지
가끔 요상스레 슬퍼져
눈시울에 눈물 고여도 말이지!

시간

내 고향에서 나는
토담의 역사 전부에
증인이 될 수 없다
순식간에
한 톨 먼지의
탄생에서 죽음으로 가는 과정을
경험할 수 없으니
오, 시간!
거리와 속도의 플랫폼 위에서
무형의 칼로
너를 조각낸 것이 누구냐

사실
시간의 기원을 물을 것도 없지
왜냐면
시작이란 애초부터 없었으니까
그 종착지가 어딘지도
물을 것 없지

드넓은 우주에서
그것은 무한이니까
시간은 어둠의 심장
번개처럼 번쩍하는 박동 소리
그것은 과거 현재 미래를 잇는 교량이다
믿어다오, 이것은 하나님의 의지가 아니라
절대적 진리와 같은 것
우리를 떠날 때 시간은
영원히 뒤돌아보지 않는다

모든 생명과 사상과 유산은
시간의 성전에 깃든다
오, 시간!
가장 공평한 법관이여
그는 거짓말을 심판하고
정의를 펼치며
최후의 순간에
모든 정신과 물질의

존재 형식을 바꿀 것이다
언제나 죽음 속에 태어나며
탄생 중에 죽을 것이다
모든 것을 포용하고
모든 것이 아닌 것을 포용할 것이다
이 세상에
진실로 썩지 않는 것이 있다면
그것은 분명코, 시간!

지디마자의 『시간』
──민족정신과 민족문화를 말하다

양종저(楊宗澤)

세계 시단에 이채롭게 빛나는 샛별 하나가 있으니 바로 현대 중국의 소수민족을 대표하는 걸출한 시인 지디마자다.

지디마자는 이족(彝族)이다. 독수리를 토템으로 삼는 산지(山地) 민족의 총아이자 인류 시단의 창공을 선회하는 한 마리 매. 그의 시에는 '태양의 빛'과 '숲의 색' 그리고 고색창연한 신비의 꿈이 있다. 그것은 어느 민족의 미래다. 이족이라는 이 오랜 민족에 대해 지디마자는 하나의 기호, 즉 시정신과 민족정신의 이중 함의를 담은 문화 기호이다. 그의 시는 오랜 문명을 지속시킬 뿐 아니라 그것에 살아 있는 시대의 숨결을 부여한다. 또한 그의 심오하고 오묘한 이미지 조합과 영육 합일의 미감 그리고 명쾌한 서사풍의 시어들은 이족의 역사와 문화, 신화, 풍속 그리고 현재의 생존 양상을 세상에 드러내어, 이 오랜 민족의 슬픈 풍채와 '빨강, 노랑, 검정' 삼색에 기초한 내면세계를 전달한다. 또한 오늘날 다원성이 병존하는 시단에서 자신의 위치를 찾은 지디마자는 대가다운 문화적 예지와 예술적 비상의 의지를 보여주고 있다.

지디마자의 시에는 민족성이 깊이 각인되어 있다. 강렬한 민족 의지가 약동하며, 자신의 민족과 그를 기른 대지 그리고 그 대지 위에 번창한 인민에 대한, 핏줄에 기반한 진지한 사랑이 넘쳐흐른다. 민족의 역사, 문화, 전통 그리고 운명과 미래를 인문적 시각에서 묘사하는 그의 시는, 민족정신의 핵심과 민족의 문화 심리에 대한 탐문에 치중함으로써 타의 추종을 불허하는 예술적 경지를 전승했다. 독특한 경험과 개성에 기초하여 문화적이고 심미적인 영역을 개척함으로써 그는 서사시적 정취를 담은 이족 시가의 최신 텍스트를 써내었다. 그리하여 이족의 현대시가 중국 나아가 세계 현대시의 최전선에 서게 된 것이다.

지디마자의 시에서 우리는 향수 콤플렉스를 느낀다. 이는 시인의 마음속 민족의식이 기른 것으로, 민족문화에 대한 굴절된 우환의식(憂患意識)이자 문화 노스탤지어의 산물이다. 향수 콤플렉스의 신비로운 선율은 마치 가요처럼, 시인이 「부락의 리듬」에서 말했듯 "고요가 충만할 때도 느낄 수 있"는바, "불끈 일어나는 욕망이 내 영혼을 타고 올라" 불러낸 "한바탕의 폭풍"이며 심지어 꿈에서도

“내 머리를 빙빙 감아 불면의 꿈으로 변하는 상념”이다.
지다마자에게 이러한 문화 향수는 일종의 힘, 사명감 넘
치는 신성한 힘이다. 수년간 시인은 바로 이러한 힘의 추
동 아래 “담담한 우울로 이족의 시”를 써내려온 것이다.
이 같은 문화 향수는 개별 민족의 운명에 대한 사색이자,
나날이 가속화하는 문화동질화 추세 속에 문화의 개성이
압살당하는 데 대한 반항이자 분노이다. 그가 『지디마자
시선』에 쓴 표문처럼.

　　거리낌 없이 말하노니, 나는 내 부락과 저 기나긴 족보에
　　대해 일찍이 느끼지 못한 사명을 띠고 있다. 이 세계에 대
　　하여, 이 순식간에 사라지는 시간에 대하여, 나는 선명하게
　　의식한다, 이족의 문화가 지금 가장 엄준한 시련을 겪고 있
　　음을. 다종 문화의 충돌 속에 어느 날 전통이 우리를 떠나
　　버리지 않을지. 우리의 가치판단이 나날이 흐려지지 않을
　　지. 내가 이 오랜 문화의 계승자라는 것, 내 모든 창작이 내
　　게 익숙한 이 문화에서 왔다는 것을 나는 잘 알고 있다.

그는 시로써 민족의 사명을 짊어지고 시로써 민족을 대
표한다. 그의 시가 민족의 문화정체성을 부각함으로써 민
족정신과 민족문화를 말하는 것은 이 때문이다.
지디마자의 시에는 휴머니즘과 박애주의 그리고 인류
운명에 대한 애틋한 사랑이 짙게 깔려 있다. 이런 면을 가

236

장 잘 드러낸 것으로 2005년에 쓴 「절망과 희망 사이」가
있다. 주지하다시피 2005년은 세계 반파시즘 승리 60주
년이다. 파시즘은 이미 역사가 되었지만 지구상에 포성은
사라지지 않고 있다. 국지전과 세계대전의 음영(陰影)이
여전히 쪽빛 지구를 뒤덮고 있는 지금, 인류 평화의 사명
은 여전히 막중하고도 요원하다. 따라서 시인은 예루살렘
에서 발발한 통근 버스 폭발 사건을 기해, 전쟁과 유혈 충
돌에 대한 분노와 평화의 지향을 펼쳐내는 이 시를 지었던
것이다. 마지막 절에서 시인은 이렇게 썼다.

> 예루살렘의 성서/마지막 장에 무엇이 씌어 있는지/나는
> 모르지//〔……〕//그러나 희망과 절망 사이/예루살렘 이
> 고도에는/오로지 하나의 선택이 있으니/—바로 평화!
> ——「절망과 희망 사이」 부분

다소 종교 비판의 색채를 띠고 있는 이 시에는 중동 평
화와 세계 평화에 대한 갈망뿐 아니라 인류 운명의 고지에
서 세계 평화를 사랑하는 인간에 보내는 시인의 호소와 절
규가 담겨 있다. 여기까지 쓰고 보니, 시 창작에 관해 그
가 했던 말이 생각난다.

> 내가 시를 쓰는 것은 우리가 핵폭탄 시대에 살고 있기 때
> 문입니다. 우리가 더 원하는 것은 인류 평화니까요.

이것이 바로 지디마자다. 인류를 뜨겁게 사랑하고 평화를 갈구하며 시로써 세계와 대화하는 데 온 힘을 쏟는 중국의 시인. 박애사상과 인류애로 휴머니즘의 빛살을 펼치는 중국의 시인!

지디마자의 시는 이족문화와 한족문화가 함께 배양한 한 송이 예술적 꽃이다. 농후한 민족문화와 선명한 시대정신을 발하는…… 자기 민족에 대한 두터운 정감으로 충만한 그의 시에는 중화민족에 대한 애국적 사랑이 투사되어 있다. 그의 시를 읽으면 영혼을 울리는 힘이 느껴진다. 이 힘은 시인의 드넓은 품과 양지(良知) 그리고 비범한 예술성에 기인한 것이다.

지디마자는 20대에 첫 시집 『첫사랑의 노래』를 낸 이후 지금까지 『어느 이족의 꿈』『땅속에 묻힌 단어』『지디마자 시선』 등 10여 편의 시집을 중국어, 영어를 비롯한 각종 언어로 국내외에서 출판했다. 그의 시는 중국 현대 시단에 깊은 영향을 미쳤을 뿐더러, 국제 시단에서도 고평을 얻고 있다. 그가 이룩한 예술적 성과는 그만의 것이 아닌 그의 민족의 것이기도 하다. 「나에게」에서 말했듯 진실로 "다량 산과 내 민족이 없다면/지금의 나, 시인도 없는 것"이니. ▨

지디마자
──민족정신과 인류의식의 시적 해석

양위메이(楊玉梅)

이족은 유구한 역사를 지닌 민족이다. 이족의 선주민들은 자신의 언어와 문자로 방대한 양의 경전과 비문(碑文)을 남겼다. 문학, 역사, 종교, 의학, 천문역법, 풍속 등 다양한 내용을 담은 이 문헌들은 중화민족의 소중한 문화유산이다. 역사적으로 조상 숭배에 기반하여 자연 숭배, 토템 숭배, 영물 숭배를 융합한 비모(畢摩)교를 형성해온 이족의 삶 속에는 각종 제사, 무술, 점술, 금기 등 농후한 비모교적 색채가 담겨 있다. 유구한 역사와 찬란한 문명, 풍부한 민간 구술문학 등을 내포한 이족의 문헌과 경전들은 이족 작가들의 창작에 소중한 문화자원을 공급한다.

신시기(新時期)*에 출현한 이족 작가 중 특히 시인의 활약이 눈에 띈다. 이족어로 쓰든 중국어로 쓰든 그들은 민족문화의 대변인이라는 자신의 정체성을 자각적으로 의식하여, 민족성에 호소하는 작품들을 썼다. 지역적으로는 주로 중국 서남부에 분포되어 있지만, 이족 시인의 절대 다수가 량산(凉山: 쓰촨의 량산과 윈난의 샤오량산) 출신이다. 지디마자 외에도 루어우라치에(倮伍拉且), 아수위 애얼(阿蘇越爾), 어니 무샤스자(俄尼 牧莎斯加), 바모취부모(巴莫曲布嫫), 아쿠우우(阿庫烏霧) 들이 있는데, 현재 사는 곳이 어디든 그들은 모두가 약속이나 한 듯 량산이라는 이 오랜 땅에 시선을 모은다. 량산의 문화적 토양에 발 딛고 서서 그곳에 살고 있는 인민과 그 문화적 열정에 호소함으로써, 인류와 세계를 향한 냉철한 사유를 표현한다. 량산은 그들이 생존해온 물질적 고향일 뿐 아니라 정신의 집이며, 나아가 그들의 창작을 추동하는 토양이자 힘의 원천이다.

그중에서도 지디마자는 발군의 시인이다. 시작(詩作) 실천을 통해 량산으로부터 전국 곳곳을 누비는 그는 신시기 중국 시단의 최전방에 서 있다. 그는 시작으로 세계와 대화하는 작가다. 시인으로서 인류와 세계에 대한 사랑을 노래할 뿐 아니라, 지도자의 신분으로서도 전 세계를 다니며 이족인의 소리를 들려주고 있다. 그러면서도 창작의 근거지와 정신의 고향은 여전히 량산이다. 그는 이렇게 말한다.

-----

* 1980년대 이후를 지칭한다.

내 고향은 쓰촨 성 량산 이족자치주 부투어 현입니다. 이족어로는 '고슴도치가 출몰하는 곳'이라는 뜻입니다. 모든 작가에게 자신이 속한 신성한 배경이 있다고 한다면 저 망망한 다량 산, 샤오량 산이야말로 내 정신의 영원한 고향입니다. 저는 이족의 구허우(古侯) 부락 사람입니다. 나를 두고 민족의 문화기호라고들 하는데 그것은 제가 이 오래된 문명을 지속하는 사람이라는 뜻일 겁니다.

—지디마자, 「복무와 봉헌」 부분

저는 어린 시절을 이족의 가요와 구술문학의 요람 속에서 보냈습니다. 그곳에는 무수한 꿈과 아름다운 추억들이 있지요. 저는 이족어로 구훙무디(古洪木底)라 부르는 신비한 땅이 저를 길렀다고 믿습니다. 노래와 무속, 환상을 간직하고 꿈과 현실이 상호 교신하는 그 땅이 저에게 창작의 영감을 준 것이죠.

—지디마자, 「나와 시」 부분

량산이라는 이 문화의 보고가 시인 지디마자를 길렀고 이 땅의 복잡다단한 현실과 풍부한 문화가 그의 시에 선명한 민족적 색채와 정서, 독특한 시적 사유를 부여했던 것이다. 그리고 이족과 이족 문화에 대한 애틋한 사랑으로부터 세계와 인류의 공통된 숙명이라는 난제를 풀어냈다.

지디마자는 양지(良知)를 지닌 시인이다. 사랑과 연민, 동정 어린 마음으로 자신의 고향과 세계를 받아들이는 그는 자기 민족의 아름다운 내면과 빛나는 영혼을 시로 표현하며 인류 공통의 운명과 전도(前途)에 대해 고민한다. 그의 시에는 민족의 흔적이 선명하게 새겨 있다. 그야말로 이족 정신의 대표이자 상징이지만 동시에 그 안에 세계성을 담음으로써, 그의 시는 민족성과 세계성이 통일된 경지에 도달한다. 민족성과 세계성의 융합은 창작 초기부터 그의 일관된 시적 주제였지만, 뒤로 갈수록 한층 자각적으로 심화되었다. 그리하여 전체적으로 그의 창작은 고향-민족으로부터 세계로 발전하는 과정을 보여준다. 그의 풍부한 상상력과 소박한 언어, 청신한 이미지들엔 짙은 감성과 생활의 철리(哲理)가 담겨 있으며, 그 자각적 민족애와 인류의식은 중국 당대 문단에 전무후무한 것일 뿐더러 세계문학에도 소중한 기여를 하고 있다.

저에게 문학의 길은 고되고 길었습니다. 하지만 믿어주십시오. 저는 끝까지 그 길을 걸어갈 겁니다. 저의 모든 사랑과 감성을 다 바쳐 저의 민족을 노래하고 저를 낳고 길러준 조국, 그리고 세계의 모든 진보적 사명을 위해 노래할 겁니다.　　　　　　　　　　　── 지디마자, 「나와 시」 부분

우리는 그의 신작을 기대한다. 그리고 그의 뒤를 이어

그가 개척한 가시밭길을 헤치고 용감히 전진할 후속 시인
들이 나타나기를, 그래서 중국문학과 세계문학에 더욱 우
수한 시들이 바쳐지기를 기대한다. ▨